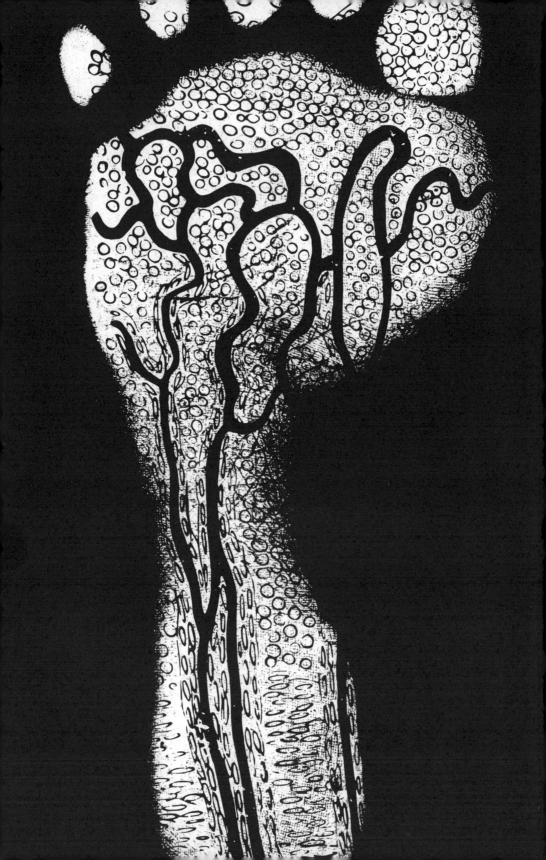

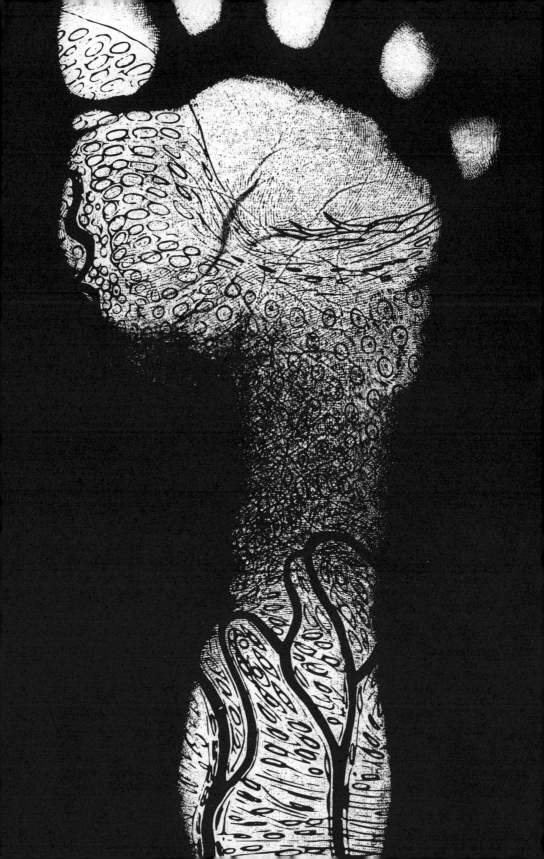

Copyright © 2019 Paula Febbe
Todos os direitos reservados.

Acervo de imagens ©
Reijer Stolk, 123RF e Getty Images.

Diretor Editorial
Christiano Menezes

Diretor Comercial
Chico de Assis

Gerente Comercial
Giselle Leitão

Gerente de Marketing Digital
Mike Ribera

Gerentes Editoriais
Bruno Dorigatti
Marcia Heloisa

Editores
Cesar Bravo
Lielson Zeni

Capa e Projeto Gráfico
Retina 78

Coordenador de Arte
Arthur Moraes

Coordenador de Diagramação
Sergio Chaves

Designer Assistente
Eldon Oliveira

Finalização
Sandro Tagliamento

Revisão
Vanessa C. Rodrigues
Retina Conteúdo

Impressão e acabamento
Coan Gráfica

DADOS INTERNACIONAIS DE CATALOGAÇÃO NA PUBLICAÇÃO (CIP)
Angélica Ilacqua CRB-8/7057

Febbe, Paula
    Vantagens que encontrei na morte do meu pai / Paula Febbe.
— Rio de Janeiro : DarkSide Books, 2021.
    224 p.

ISBN: 978-65-5598-144-5

1. Ficção brasileira 2. Psicopatas - Ficção I. Título

21-1179   CDD B869.3

Índices para catálogo sistemático:
1. Ficção brasileira

[2021]
Todos os direitos desta edição reservados à
DarkSide® *Entretenimento LTDA.*
Rua General Roca, 935/504 — Tijuca
20521-071 — Rio de Janeiro — RJ — Brasil
www.darksidebooks.com

PAULA FEBBE

VANTAGENS QUE ENCONTREI NA MORTE DO MEU PAI

DARKSIDE

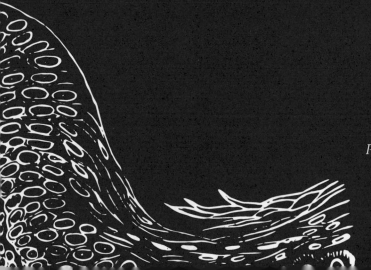

*Para Sandra Febbe,
pelo que é real.*

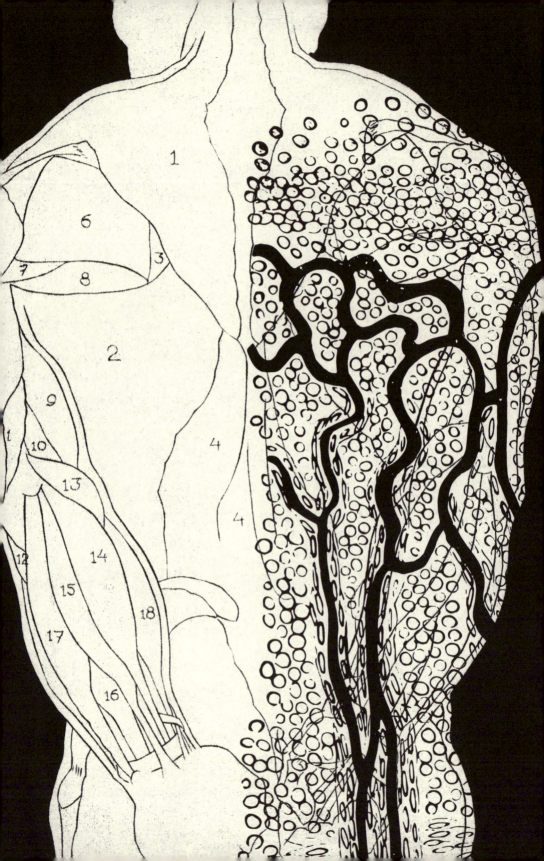

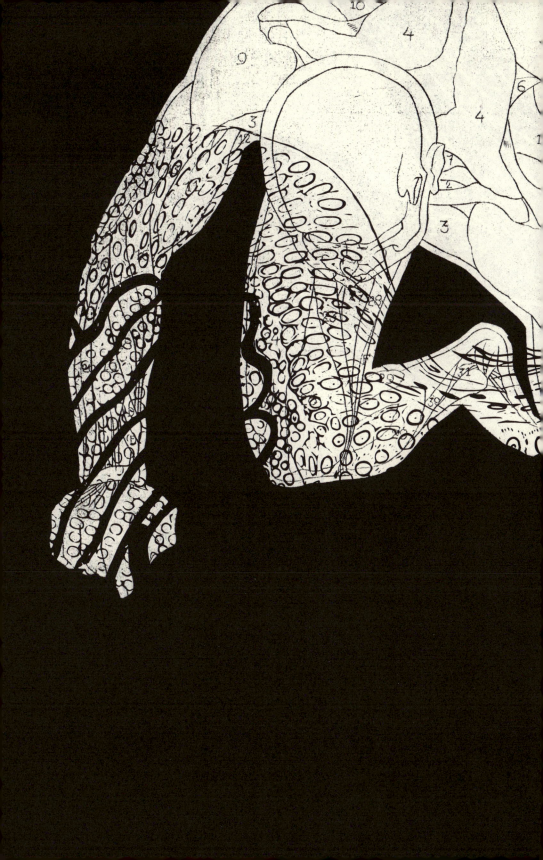

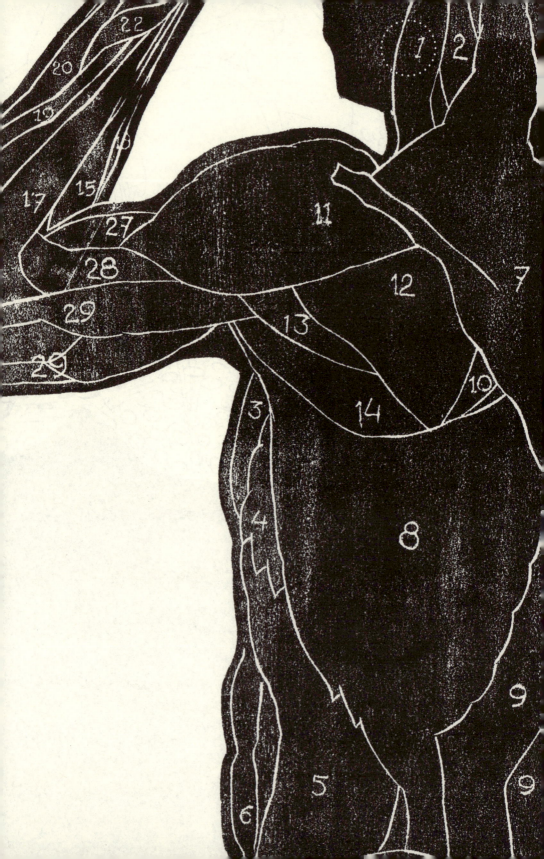

1

Existe um prato no Japão, um amigo me contou. Você coloca vários peixinhos vivos em uma panela cheia d´água, acrescenta um pedaço de tofu e liga o fogo. Os peixes nadam calmamente achando que nada vai lhes acontecer, mas quanto mais a água esquenta, mais os peixes se desesperam. Claro...

Então a água começa a ficar quente de uma maneira insuportável, tão insuportável que os peixes precisam se esconder. É nesse momento que enxergam uma salvação: o tofu. Como ainda está gelado, entram ali para se protegerem do calor. Acontece que eles morrem lá dentro, além de queimados pela temperatura da água, presos, pois eles têm força para entrar, mas não para sair.

Depois os japoneses vão lá, servem isso num restaurante e cobram caríssimo pelo prato que, só é tão bom porque foi preparado com o desespero dos peixinhos.

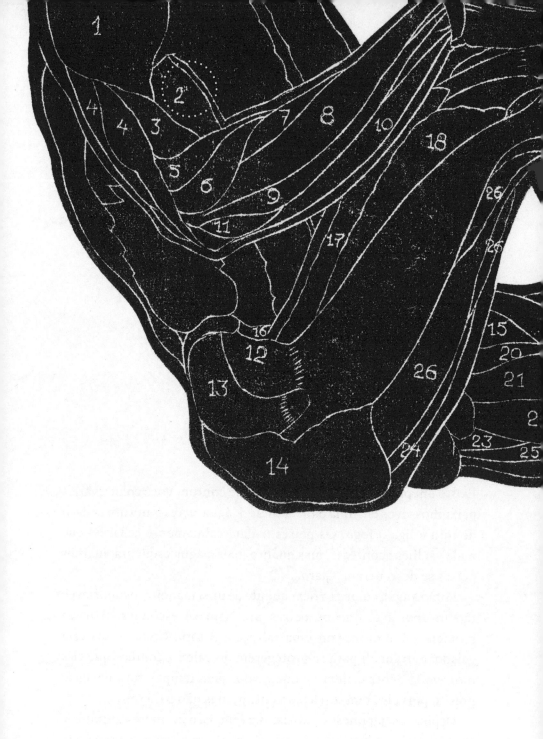

2

Dizem que a vida é tempo. Mais tempo. Menos tempo. E a morte? Qual é o tempo da morte, já que, entre a morte e a vida, apenas a morte é para sempre?

Acho interessante pensar sobre o que acontece com o corpo de alguém assim que a morte acontece. Assim que tudo o que a pessoa aprendeu, sonhou, planejou, realizou, se transforma em um sopro.

Eu não conto minha vida em segundos, minutos e horas. Conto minha vida nos tempos de um corpo. Tenho esse hábito desde criança, não sei bem por que, mas quando penso em "mais dez minutos de plantão", por exemplo, automaticamente minha constituição me leva para: "o que estaria acontecendo em meu corpo se eu tivesse morrido há dez minutos? Minhas unhas já estariam para se soltar de meus dedos?".

Fascinante e aterrorizante ao mesmo tempo. Pensar nisso só não me aterroriza mais porque considero esse pensamento como um folclore. Talvez um jogo. Uma parte de mim acredita na morte de todos, mas duvida da minha, afinal, ela nunca aconteceu. Além disso, minha própria morte jamais seria causada por mim.

Me desdobro entre horas. A vida é longa. A vida é imensamente curta. Não vou morrer. Nunca. Tem gente que quer. Eu tenho este tique. É um sorriso mesmo quando não quero sorrir. Sem os dentes. Às vezes me pego fazendo isso e não entendo a razão. O momento em que me apaixonei por ele nunca saiu da minha cabeça. A praia. O jeito que me olhou quando me viu. Ele ainda parece estar aqui. Não há telefones. Não posso mexer em nada. Não tenho contato com absolutamente nada. Mas parece que ele ainda vai me ligar. Parece que o nome dele estará no visor. As palavras que trocamos. As coisas das quais falamos. A janela do meu fim. Qualquer janela! Chame quem não tiver medo de ser quem é, e quem sabe esta pessoa possa me dizer se sou o suficiente para mim. Quem tranca um ser humano e diz que ele é imprestável para ser quem é? Quem diz que ele não está apto a viver a própria vida? Quem é o juiz do meu mal-estar? "Ouvir apenas o que e quem te faz bem". Ouvir o que me faz bem não é ignorar quem sou? Minha autonomia. Minha anatomia. Meu sorriso sem sorrir. Quem deliberadamente não suga o próprio ego, não funciona para mim. Vontade de consumir o fim e os meios. Se não for para consumir tudo, que não consuma nada. O que faço para torná-los insustentáveis, os sustenta. Todo dia. Em pé. As motivações das sete de toda manhã.

Enquadre-me em suas teorias diagnósticas e me faça celebrar uma nomenclatura sobre mim mesma. Agora que posso me nomear, sou humana novamente. Da asa quebrada, porém humana. Não sei quando virei alguém com tanto medo. Eu não tinha medo de nada. Recordo dela. Minha mãe. Lembro-me dela quando era aquela pessoinha. Aquela que dizia gostar dos mais sofisticados livros e filmes, mas estava sempre vendo novela. Que mania de não se assumir! De continuar no armário não intelectual.

Mas ela era tudo. Os filmes bons e as novelas. Todo o conforto que eu tinha.

Coitada da minha mãe.

Nunca percebeu o que estava acontecendo.

Se bem que a culpa também foi minha. Acho que eu nunca devia ter deixado transparecer o que estava acontecendo entre nós. E, talvez, ela tenha olhado para o outro lado exatamente por não querer se dar conta de certas coisas. Afinal, é isso que fazemos, não é? Olhamos para o lado que nos agrada e esperamos com toda a força que aquilo que odiamos desapareça assim que viramos o rosto. Às vezes dá certo.

Há algo interessante na anorexia, por exemplo. Ouvi uma vez a seguinte frase e ela ficou martelando na minha cabeça: não é que a anoréxica não come, ela come o nada. Ela se alimenta do nada.

E é muito trabalhoso sustentar esse nada...

E aí tem também o espelho. A cada sete anos, todas as células do corpo se renovam, mas o DNA continua o mesmo. Talvez apenas o espelho seja o lugar de reconhecimento próprio.

E o espelho é algo curioso, pois nunca nos vemos por inteiro. Nos vemos em trechos. Somos pedaços. Também nos reconhecemos, a partir da maneira com que o outro nos enxerga. Por essa razão, quando somos crianças, qualquer referência é referência. Sou o que é dito sobre mim, mesmo que seja algo terrível. E tudo bem, pois não há apenas o conhecimento do que é dito a meu respeito, mas eu excluo o que não sei, a partir do momento que ele não é dito.

O que sei sobre mim foi o que você me contou, meu pai, e juro que, para mim, até hoje a história que disse é confusa. Os caminhos se cruzam. Ainda assim não consigo me desfazer de suas opiniões. Nunca consegui.

Creio que as vantagens que vi em seu fim trazem minha interpretação do que você disse que eu era, e eu, como criança, precisei acreditar nisso.

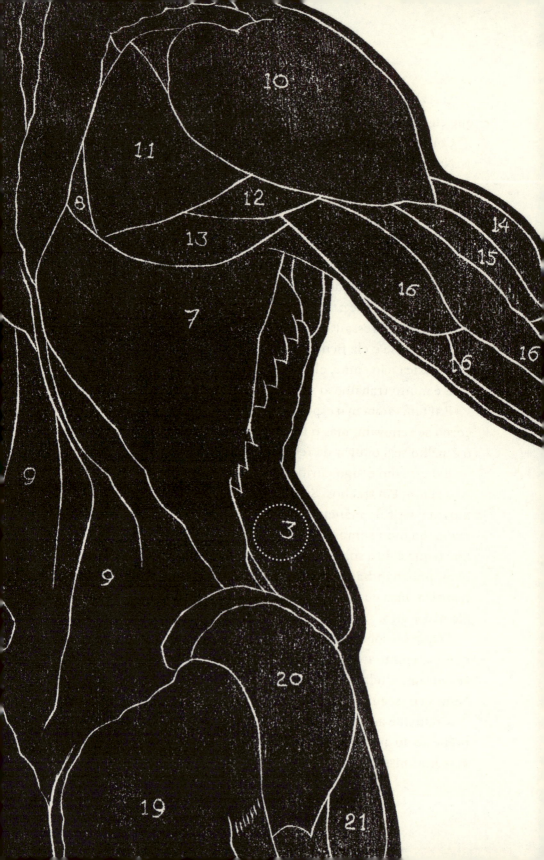

3

Na casa, o tempo é emprestado a uma marca de copo em cima da mesa de madeira escura, que minha mãe comprou quando eu ainda era criança.

Eu não gostava da mesa.

Na casa, há cabides comprados em uma feirinha de praia numa tarde de 28 de março de um ano sem importância.

Eu não gostava dos cabides.

As coisas poderiam ter sido diferente, mas não foram...

Minha mãe está sozinha lá agora. Na casa onde vivemos durante anos com meu pai.

Eles se foram...

Na casa, que viu o tempo ser, estar.

0 MINUTO

O sistema nervoso deixa de liberar os neurotransmissores responsáveis pela contração dos músculos. O corpo fica incrivelmente flácido.

4

Nunca sabemos qual vai ser nossa reação com o fim das coisas, não é? Às vezes você adora uma taça, ela se quebra e você nem se importa. Mas, às vezes, ah, às vezes... Às vezes o fim do outro é a porta para tudo o que você menos espera.

Quando você morreu, a primeira coisa que senti foi a urina escorrer por entre minhas pernas. Minha urina. Não compreendi a razão daquilo. Apenas entendi que a grande consciência de quem você era para mim estava ali, exposta naquela fisiologia anteriormente tímida, que, aliás, deveria ter continuado assim, sem dar as caras. Sentia como se meu órgão genital estivesse em um aquário. Aquela gota, que escorria sem nenhum planejamento anterior, me trazia dúvidas e, por mais que eu não soubesse significá-la da maneira devida, era minha nova consciência sobre mim, aquele retrato que eu nunca soube categorizar: o incontrolável, o que não se distingue entre seu planejamento de ser e quem você de fato se tornou. Quem você foi? Quem você gostaria de ter sido? Tudo isso estava exposto ali. Rindo da minha falta de autocontrole.

E, claro, há o medo. A fobia que vejo que só pode ser superada com uma escavação. O contexto passado desconectado do presente. Esse contexto tem um sinalizador no presente: uma barata, um lugar fechado, altura...

O que precisa ser feito é chegar ao contexto de origem. Lembro que Christian disse isso em algum momento e jamais saiu da minha cabeça: Apesar do sinalizador ser o mesmo; os contextos geradores variam de pessoa para pessoa. Imagine-se na superfície, no hoje do seu sítio arqueológico. Você sente um certo terror, e não consegue nem respirar direito. Pense nesse momento; e tente voltar no tempo, e lembrar em que outra situação sentiu algo semelhante.

Você nunca quis facilitar nada para mim não é, meu pai? "Seja o que não é possível, e o resto a falta de felicidade fará". Lembro-me da frase que você sempre me dizia, meu pai. E daquela que exibia a dificuldade da vida. Sempre a dificuldade da vida, apesar de a sua ter sido privilegiada e um pouco fácil. Até ficar doente, na verdade, você havia vivido tudo o que queria, da maneira que tinha escolhido. E não, o mérito não era só seu, mas também de meus avós e de minha mãe, apesar de você nunca ter admitido isso. Eles criaram uma vida para você do jeito que você gostaria que ela fosse. E você me dizia que tudo deveria ser difícil para mim. Parecia uma piada.

O corte do cordão sempre foi simbólico. Todos sabemos. Todos sempre soubemos. E quando nem cordão há? Quer dizer... há, mas é imaginário. Sei que, para você, o mais bonito de minha voz, desde que nasci, foi o silêncio. O calar de algo que nem eu tinha o conhecimento de estar sendo dito. Sei que minha mãe me olhou com amor, mas não sei como você me olhou. Talvez como boletos. Porém, não se sinta mal. Todos nós somos traidores, pois desejamos as coisas que tentamos ignorar. E sabe, o que você tentava ignorar naquele momento era o que havia acontecido de sua vida.

Pai, você sabe muito bem que a placenta de minha mãe era de óbito fetal. No último ultrassom que fizeram antes do meu nascimento, estava lá! Sétimo mês e o médico chegou a desenganar vocês, não é? Disse para que não carregassem muitas esperanças, pois o que me alimentava era mínimo e era bem provável que eu não sobrevivesse. Ele nem mesmo conseguiu ouvir meu coração bater direito. Acho que por isso fui teimosa. Decidi nascer antes do tempo, pois era ou naquele mês, ou nunca. E foi o que fiz. Nasci. Graças à força de minha mãe, sobrevivi, e ela também.

Assim que você foi embora de casa, muitos anos depois, eu tentava falar para mim mesma: "Cai na real, menina! Ele não vai ficar feliz se você ligar agora, às cinco da manhã, dizendo que sente a falta dele. Ele não vai se emocionar ao ler um texto seu dizendo o quanto o ama. Ele não vai te acolher quando você estiver chorando, com medo de algo assustador que está prestes a acontecer na sua vida. Ele não vai querer te ver hoje. Ele já quis te ver, quando você era pequena e não falava, mas ele jamais precisou te ver. No final das contas, para ele, você não existe."

É curioso, né? Não me lembro quando mudei da menina que corria até a porta, pois o pai estava chegando, para a menina que tinha medo do barulho das chaves no corredor.

Ao longo de minha infância, esperei durante tanto tempo uma resposta que viesse por qualquer lado... Então, em minha vida, preferi prestar atenção na glória imortal que não conseguiu me conquistar. As tremidas daquela mesma voz que se calou, faziam com que eu me tornasse uma piada interna para quem observasse com um pouco mais de atenção.

Minha sorte, na época, era que poucos me enxergavam. Poucos enxergam qualquer um. E saiba, há um elogio impertinente e calado que soa enquanto caminhamos. Que soa enquanto nossos pensamentos tímidos são subtraídos de uma tentativa de não nos frustrar. Porém, a frustração acontece a cada passo perdido, entre tantos passos. Se perde quando esquecemos de contar. Eu seria devota de tudo aquilo que me enganaria, sem nenhuma dúvida. Meu espírito não é diferente de muito do que desprezo em quase todos, porém, em meu desprezo há energia. Aquela velha conhecida que traz o levantar de sobrancelhas alheio, o masoquismo que me faz encontrar prazer em braços agressivos e desconhecidos.

Sim, sabia que éramos parecidos durante sua vida, meu pai, mas sua morte nos aproximou. Os desenhos de nossos dedos, os desenhos de nossas mãos, nossas panturrilhas. Onde antes encontravam semelhanças, não encontram mais. Teu apodrecimento desfez nossas semelhanças. Agora, suas manias. Ah, suas manias. Suas manias foram consumidas por mim, como latas de cerveja barata em um jogo de futebol de um clube desconhecido de bairro em um final de semana qualquer. Você, meu pai, simplório e desinformado de suas virtudes ou defeitos, fez com que a vida fosse caracterizada pelos defeitos de outros, e assim segui. Não enxerguei em um respirar nenhuma vantagem. Meu ranger noturno de dentes fazia com que minhas preferências só saíssem quando ninguém estava olhando, nem eu mesma.

Veja bem, a anatomia dos homens não é simplória, mas quase tudo que é feito dela, normalmente, é inversamente brilhante. O que poderia ser belo se perde por entre órgãos e enzimas, e sai marrom.

A conclusão de nosso percurso, creio eu, talvez seja mais rápida, se a carregarmos de uma estrutura paranoica, pois o medo nos faz andar mais rápido. Creio, então, meu pai, que o medo deva ter sido bastante motivador para seu fim. 58 anos. Realmente muito novo.

Mas sejamos honestos. Você não queria mais estar aqui, não é?

De qualquer forma, não se preocupe. Durante muito tempo seus pretextos foram realmente convincentes. Afinal, quem tem coragem de discutir com o próprio pai sobre a situação financeira da família? Foi estranho entrar em casas alheias, de suas famílias alheias, e ver o que aqueles objetos significavam para todos. Veja bem, meu pai, nunca foi o dinheiro, mas a vontade de adquirir que havia em você. Algo imensurável em comprar tudo que fosse para eles. Não tenha dúvidas de que sua vontade em felicitar os outros carregava minha rejeição. Isso jamais aconteceria se houvesse afeto no lugar de objetos, mas quando não há nem um, nem outro, devo admitir que a mesquinharia se torna uma visita constante nos desejos de seus filhos.

Suas outras mulheres, depois de minha mãe, pareciam só se importar com a ostentação. Etiquetas. Tantas que continuamente me faziam pensar que sempre que elas passassem por um alarme de loja de shopping ele deveria apitar. Mesmo que nenhuma roupa estivesse sendo roubada.

Sei que você nunca foi grandioso na escolha de suas companheiras, fora minha mãe. Que, aliás, sempre carregou um caráter impecável. Agora, as outras... As outras eram carcaças. Alegorias. Zumbis que, com muita prepotência, conseguiam se manter eretas e, com muito esforço, colocar um pé à frente do outro sem que estes se entrelaçassem.

Uma vez, lembro que te perguntei:
— Você acha que elas estariam com você se não houvesse dinheiro?
— Claro que não!
— E você continua?
Então, você apenas sorriu.

Senti pena de você, meu pai, pois ficou por muito pouco e achou que era somente durante o ato de adquirir que a beleza de um amor seria mantida. Ou então, sabia que não era amor, mas se houvesse qualquer gozo, era nisso que você se agarraria, pois isso era o mais real que você poderia ter. Refém de tão pouco, não é mesmo?

Sinto dizer que o amor de verdade estava do lado para o qual você não estava olhando, pai. Com ou sem dinheiro. Com ou sem gozo. Disfarçado de raiva pelo contexto cínico em que eu havia sido incluída contra minha vontade.

Porém, sejamos honestos. Minha vontade aqui passa longe de resmungar de meu passado. Eu odeio isso. Ficar resmungando. Usar um mimo como souvenir principal de minha prateleira.

Não, não é para isso que entro nesses assuntos. Simplesmente falo disso, já que seria impossível trazer à luz a felicidade que encontro em sua morte, sem que eu liste pelo menos algumas decepções com sua vida. Penso agora que muitos devem me achar covarde, pois é fácil falar sobre alguém que não pode se defender. E há tantos que se escondem atrás de suas covardias, não é? Porém, para os que pensam assim, uma resposta simples: mesmo que meu pai estivesse vivo, não teria a capacidade de compreender uma palavra do que digo. Não pela minha grandeza discursiva, de maneira alguma, mas porque ele jamais perderia tempo tentando entender algo que a filha lhe dissesse. E porque sim, meu pai, homem inteligente no início da vida, havia se tornado alguém aparentemente limitado quando o assunto não envolvia alguma modalidade sexual.

A conclusão de um percurso acontece com o questionamento do imaginário. À procura da articulação. Suas palavras. Seus dizeres. Sua voz e tudo que ela carregava ao existir e, ainda carrega, ao ecoar no campo inaudível. Não há escolha no que contemplamos. Não há, pois assim que o fazemos, ele não carrega nada além de uma visão do inexistente. Aquilo que não é nomeado e só existe em uma parte de nós que não consegue significar nada.

De boa-fé, qual a vantagem que encontro em alimentar sociopatas que, embebidos em seus egos, planejam apenas ceifar cabeças por onde passam, para que pelo menos assim sejam notados?

O observar tem me trazido algumas infelicidades, confesso. A incapacidade de controlar o olhar foi o que nos nos trouxe até aqui. Não vejo vantagens em construir essa realidade indefesa que fez com que você escolhesse delicada e inconscientemente tudo o que poderia te destruir. Fumar um pouco mais, beber um pouco mais, trepar um pouco mais. "Um pouco" não vai fazer mal. "Um pouco" nunca faz mal. Acontece que, aos poucos, o "um pouco" se acumula e toma conta de nossa genética. Nem o que poderíamos ter sido é tão resistente assim...

Aliás, falemos mais sobre a genética. Nossa genética. Semelhanças malditas que fazem o favor de se manter em mim, até aquilo que rejeitei. A genética é um segredo. Tudo o que não sabemos sobre nós mesmos numa caixa de Pandora pronta para abrir na pior hora de nossa fragilidade. Preocupa-me se na sua idade me tornarei você. Preocupa-me se na sua idade terei essa pinta que você tem na testa. E assim, com toda a esperança, desejo que meu corpo considere alimentar o desdém pela genética, e então me conceda um fim completamente diferente do seu.

Você criou uma assimetria entre nós, a de predador e presa. Como? Seguindo-me. Perseguindo-me. Recriei essa assimetria para algo real e saudável, e que não estimula a sua violência. Você tem tido pensamentos, e eu sinto a cada segundo que você os tem. A realidade força um lado, o desejo força outro. Fico me perguntando quem sou no meio dessas duas vontades.

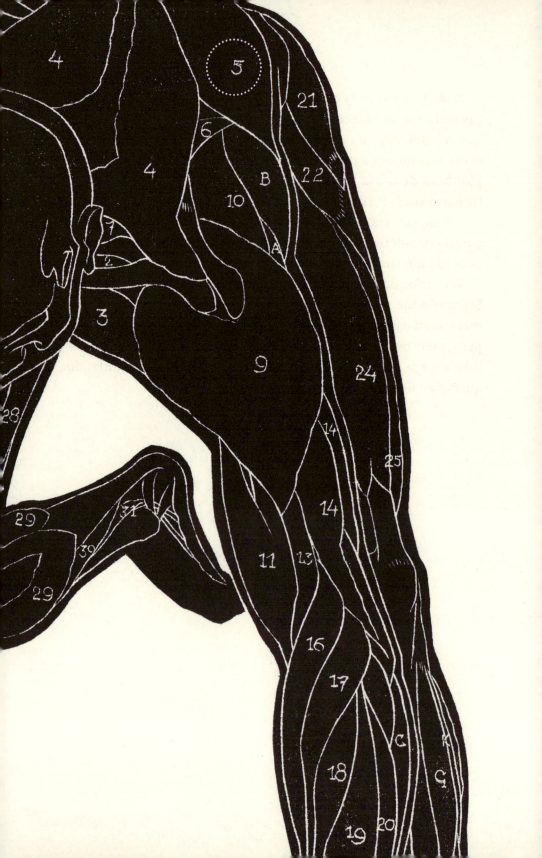

5

PACIENTE:
MARCELO BARROS

Marcelo Barros tinha 20 anos e estudava na melhor faculdade da cidade. Tinha passado em primeiro lugar no vestibular em ciências da computação, pela primeira vez, aos 14 anos, mas achou melhor se formar no colegial e prestar de novo aos 17 anos. Claro que ele foi bem-sucedido novamente.

Embora fosse programador e tivesse muita destreza para os negócios, Marcelo era emocionalmente falho. Sem habilidade para fazer sentido da mínima coisa emocional que sentisse. Sim. "Coisa", pois para ele o "sentir" não fazia muito sentido e não tinha muito nome.

Com um pênis diminuto, ele nunca havia ficado com nenhuma menina e fisicamente o menino era repulsivo. Asqueroso. Era obeso, mas a coisa mais repulsiva vinha pelo excesso de gel no cabelo, que deixava marcas molhadas onde quer que ele encostasse e pelas roupas absurdamente sujas.

Marcelo também gostava de street punk e era vegetariano. Pelos animais. Quem sabe um dia conseguisse ser vegano! Era uma meta. Engraçado, pois dizia se importar com os animais mais do que se importava com qualquer outra coisa nessa vida, só que não mantinha nenhum em casa, e havia doado seus cachorros para pessoas com as quais não convivia, sem se importar com o paradeiro deles. As plantas que tentou manter em casa também haviam morrido.

Na verdade, Marcelo gostava era de se sentir acima.

Dizia gostar de praticar esportes. Pela saúde. Engraçado, pois dizia entender tudo sobre nutrição, só que comia esfihas praticamente todo dia quando chegava em casa. Delivery. Quando estava na rua então, o normal era almoçar salgados de boteco e hambúrguer. Sem carne.

Emancipado, os pais eram como amigos que o encontravam quando o menino precisava ou desejava. E sim, é possível ser emancipado e mimado ao mesmo tempo. Na verdade, emancipado, pois era mimado. O pai chamava Marcelo de "filhão". Gostava de passar semanalmente na casa do filho e levar cervejas para que tivessem um momento juntos. Sim, o garoto tinha 20 anos.

Na verdade, Marcelo gostava era de se sentir acima.

Dizia gostar de limpeza. Por prazer. Engraçado, pois deixava fio-dental usado pendurado no box, não escovava os diminutos dentes cheios de detritos após as esfihas que comia, e mantinha a casa imunda. As caixas de esfiha ficavam na sala. Por semanas. Com as bordas (afinal não era saudável comer bordas), enquanto as formigas e outros insetos se amontoavam para se alimentar dos restos. E ele não os matava. Provavelmente por identificação. Afinal, era só o que ele fazia: manter-se de restos.

Mas o melhor era quando sentia vergonha de alguma coisa. Quando se sentia ridículo, fingia que não sentia nada, pois só assim podia se convencer de não ser tão patético.

E, como o menino jovem que era, tinha muitos sonhos. Ah, os sonhos! Quanto mais dinheiro ganhava, mais planos tinha para ganhar mais. Era curioso, pois além do aplicativo de comida, os sonhos não duravam mais de um mês, mas ele ia com tudo em cada plano: ficar rico jogando na internet, ficar rico colocando máquinas de bolinhas em shopping, montar bandas sem saber nada sobre música, morar em um barco no meio do nada.

Taí! Esse último plano ele deveria ter seguido.

Artefatos. Roupas. Outras eras. Músicas altas o suficiente para não conseguir se ouvir. Álcool para não conseguir se enxergar com clareza. Perfume para não conseguir sentir o cheiro da própria merda.

E mesmo com tanto perfume tudo nele fedia.

Num futuro próximo, Marcelo planejava morar em Berlim. Evoluir. Aí, em vez de ser patético em português exemplar, seria patético em alemão impecável.

5 MINUTOS

Os batimentos cardíacos cessam completamente.

6

Quando soube que você estava doente, algo de estranho aconteceu em mim.

Você estava com câncer, eu estava começando a me reconhecer como enfermeira. Tudo ficou estranho.

Foi como um soco no peito.

Em pouco tempo, comecei a ver você até onde não estava.

Falei com meu professor sobre seu caso. Fui até ele expressar minha preocupação com seu estado de saúde. Na ocasião, deixei bem claro que não estava interessada em outros assuntos. Fui para oferecer todo meu apoio a você. Não foi um gesto de gratidão pela criação que você me deu.

Fiz isso exclusivamente por você. Sabia que os resultados dos seus exames sairiam no dia 31 de outubro e sabia que as notícias seriam ótimas

De como você se sente dentro de aparelhos de ressonância magnética. Eu te chamava para oferecer todo meu apoio em seu tratamento. Se precisasse de alguém para acompanhá-lo para exames, consultas, hospital, estaria sempre à disposição. "Por favor se trate, tenha força para se tratar! Prefiro falar com você diretamente. Entre em contato caso queira companhia nesse trajeto".

E então, o acompanhei.

Tem gente que aguenta quimioterapia muito bem. Não você, meu pai. Seus rins foram falhando pouco a pouco a cada sessão. Na verdade, assim como muita gente, nem posso dizer que foi o câncer que começou a matá-lo, mas a própria quimioterapia. Seus cabelos não chegaram a cair, isso foi curioso. Mas acho que não caíram porque você não conseguiu fazer muitas sessões. Três ou quatro, algo assim. Todo dia de quimioterapia era um terror. Você vomitava, tremia, tinha taquicardia, febre, e quase desmaiava. Me parecia que tudo estava entrando em colapso. Uma vez, você tentou se segurar na privada ao levantar-se depois de vomitar, e caiu de novo no chão. Por pouco não torceu o tornozelo ou fez algum outro machucado. Consegui segurá-lo a tempo. Ainda bem que eu estava ali para te salvar.

Era estranho ver você ali. Com o que eu via, vinha também tudo o que eu havia imaginado sobre quem seríamos. Havia pensado se, com o passar do tempo, nos entenderíamos. Se você me admiraria por outras razões além de meu rosto e meu corpo. Agora não havia mais muito tempo.

Por mais que você quisesse ter deixado tudo aquilo em segredo, me era inevitável não ter convivido com seu final. Teria sido, de verdade, péssimo para mim.

Que bom que me chamou e contou tudo, pai. Foi importante para mim. Tentar te salvar. Estar lá. Te ver.

Lembro-me de um dia no hospital. É do que me lembro primeiro quando penso em sua doença. Na UTI, lembro também que a partir do momento em que você entrou lá, todos tínhamos a esperança de que sairia até o Natal, mas isso nunca aconteceu. Seu presente católico foi se livrar da vida, na verdade. Lembro que perguntei o que você queria presente, e você me respondeu: "Me curar do câncer". Bom...

Mas, como eu estava dizendo, teve aquele dia. Você tinha acabado de voltar de algum procedimento. Estava desacordado. A enfermeira me disse que era como se estivesse sedado para uma endoscopia. Quando a fisioterapeuta chegou, ela me comunicou que teria que fazer um procedimento em você e me aconselhou a sair do quarto. Entendi que algo não seria muito bonito por ali, mas como eu já trabalhava na área, não me importei. Estava acostumada a ver situações que pessoas considerariam difíceis, e elas pareciam não me atingir muito, mas era você, então durante alguns segundos achei que poderia ser melhor sair. Talvez por respeito ou algo parecido com isso. Na verdade, sei lá por que... não seria o que eu normalmente faria. De qualquer forma, assim que fui me preparar para deixá-los a sós, você segurou minha mão. Acredita? Com toda a força do mundo. Disse a ela, então, que eu ficaria ali durante a "aspiração". A "aspiração" chama, na verdade, "aspiração traqueobrônquica" e consiste em aliviar a respiração do paciente limpando seu pulmão. Como? Com uma cânula de ar.

A fisioterapeuta ligou a máquina e enfiou o cano na sua garganta, que engasgou e parecia sufocar. Quanto mais ela enfiava, mais você apertava minha mão. Meio vivo, meio morto. Durante o procedimento, vi pedaços de sangue sendo sugados pelo aparelho, enquanto coágulos enormes ora ficavam presos na cânula, ora caíam no seu torso, que parecia querer vomitar constantemente. Depois de ver tanto sangue e tanto sofrimento, eu comecei a ficar tonta.

Cheguei até a falar em voz alta:

— Vou desmaiar.

A fisioterapeuta parou o procedimento na hora. Aconselhou que eu me sentasse numa cadeira e empurrasse a mão dela, com minha cabeça, para trás. Fiquei melhor, não desmaiei, mas tive que ir.

Na saída da UTI, vi uma enfermeira fechar a janela de um dos quartos enquanto outra cobria uma idosa até a cabeça com o lençol. Mais uma havia ido embora.

Eu, que já estava gripada há uma semana e sentindo sempre algo estranho ao cuidar de você, senti minhas pernas tremerem assim que saí do hospital. Sentia tudo e nada ao mesmo tempo. Era consumida por algo que não conseguia nomear. Fui parar em um purgatório particular até o dia seguinte, quando decidi voltar para cuidar de você, mais uma vez.

O câncer de pulmão causava dores frequentes nas suas costas, lembro bem. E, como a doença já havia atingido os ossos, tudo em você se resumia em dor.

Naquele dia, você estava mais consciente. Fiquei quase o dia todo tentando arrumar os travesseiros numa posição um pouco mais confortável. Lembro que perguntei até se você se lembrava do dia anterior. Não lembrou de nada. OK. Melhor assim.

De noite, você começou a ficar impaciente, e após eu tentar arrumar seu travesseiro durante alguns minutos e não achar uma boa posição (pois, afinal, não havia uma boa posição), você me disse:

— Como é que você é da área da saúde? Você é péssima! Como não morre de fome trabalhando com isso?

E ali, naquela UTI, com todo o meu esforço, com todo nosso sofrimento, com esta última gota d´água como a validação de um abuso de uma vida inteira, você virou outra coisa para mim.

Depois, não voltei mais enquanto você estava consciente. Outros cuidavam de você. Inclusive minha mãe, que sempre foi tão ou mais ofendida que eu, mas esteve lá ao seu lado.

Minha volta, na verdade, aconteceu apenas dois dias antes de você falecer, quando já estava parecendo pequeno demais para este mundo e respirando por aparelhos.

Eu, que quase nunca me lembro de meus sonhos, sonhei naquela noite. Você arrancava os aparelhos, sentava na cama e sorria, enquanto minha mãe dizia que achava que você "não duraria muito mais". Nisso, eu respondia:

— Imagina! Ele está tão bem! Olha só!

Então você ria. Com uma doçura que eu sempre quis, mas nunca havia encontrado em você.

Sabe, pai, não gosto de estigmatizar patologias, mas critico o oportunismo como sua doença foi tratada por nossa família além de mim e você. Doença é uma coisa, mas e o bem e o mal nas pessoas? Lembro-me do que uma psicóloga me contou: "Jung dizia que nós somos como as árvores. Se quisermos tocar os céus, nossas raízes precisam ser tão profundas a ponto de tocar o inferno". Todos somos munidos do bem e do mal. Então o jeito é encontrar onde as copas tocam a luz. Será que você sabe onde o tempo que vivemos juntos tocou em você?

Curioso que mesmo pensando em piadas, não consigo chegar a uma conclusão desta resposta sem que ela esteja ligada a algo que possa me machucar. O que me parece inadmissível em matéria de suas opiniões críticas é o quanto sua percepção pareceu nunca encontrar você. Ela estava solta, perambulando por tudo o que as mulheres de sua vida eram, mas nunca, jamais, você se olhou no espelho para entender melhor o que seu reflexo poderia querer dizer. Quando você finalmente se olhar no espelho, lembre-se de que fui eu quem te viu primeiro. Mais ninguém.

Toda minha realidade está naquilo que você deixou passar.

Sim! Assim como todas suas admiradoras devem sentir. Pois essa é a pergunta que você realmente queria ter feito, não é?

"Quem eu deveria estar olhando?"

Não a mim.

O curioso é que quando eu decido fazer o que faço, não tenho nojo de algo me invadir. Muito pelo contrário. Agora, quando não há uma escolha, parece que o horror vem. Para mim é muito importante haver escolha sobre como as coisas serão organizadas. Lembro que sua organização era péssima, meu pai. Sinto dizer, mas esse era um de seus grandes defeitos.

Gosto de tudo planejado. Pelo menos que a intenção seja planejada. É muito importante que a intenção seja planejada e que se saiba o que vai haver se aquilo que a gente deseja acontecer ali.

Foi assim que entendi que o luto e a melancolia são coisas completamente diferentes. No primeiro, você supera. Sabe que a pessoa está fora de você e vive de acordo com o que essa perda te traz e te faz carregar, mas na melancolia, na melancolia, não. Na melancolia está presente algo infernal: a perda do amor por si próprio. Quando você brigava comigo, na maioria das vezes, eu decidia sair do meu corpo e não ouvia o que era dito. Quando você começou a olhar para mim de outra forma, também.

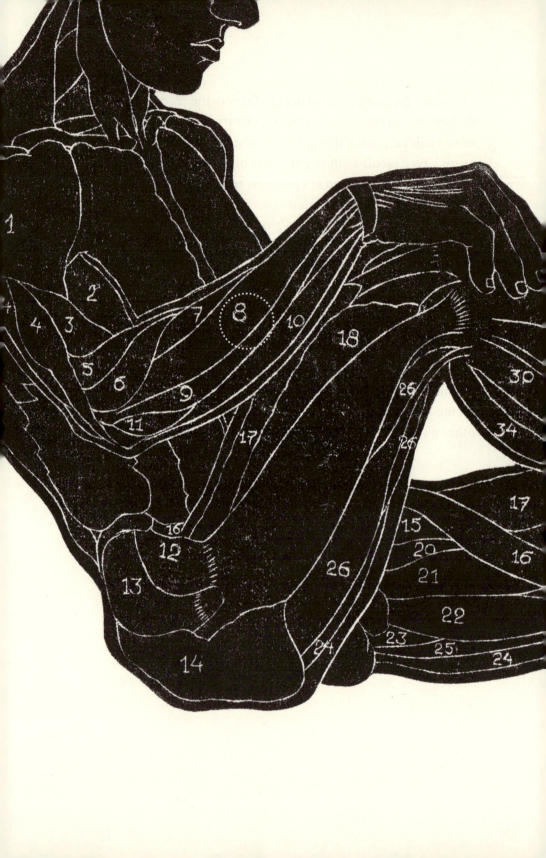

8

PACIENTE:
JORGE MADREGANO

Jorge Madregano, 83 anos, tinha acordado cedo aquele dia e tomado banho, pois após anos como aposentado, ele tinha um compromisso: ir ao geriatra. Havia feito alguns exames de sangue que precisava levar de volta.

Vivia sozinho em seu apartamento. Não gostava muito da claridade, e não costumava sair muito além de, de vez em quando, comprar coisas no supermercado próximo à sua casa ou esperar que Inez viesse verificar sua pressão e ter certeza de que a saúde dele estava bem. Na verdade, fazia tempo que ele não ia ao médico, e pagava Inez mais pela companhia do que por problemas de saúde.

Havia parado de falar com sua filha única, Marina, quando esta movimentou um processo de assédio sexual contra ele. Marina ganhou.

Inez não sabia muitos detalhes sobre o velho, mas havia entendido a necessidade de companhia que ele demandava, exatamente pela falta de problemas de saúde.

Fora Inez, a única motivação de Jorge eram os vizinhos de cima. Um casal que fazia barulhos em excesso, arrastando móveis às quatro da manhã, perambulando pela madrugada e fazendo barulhos do que, ele acreditava ser, relações sexuais.

Não importava o horário do dia ou da noite. Se Jorge ouvisse o barulho de algum salto vindo do apartamento de cima, ele batia no teto com toda a força que ainda restava em seus braços. Jorge também costumava gritar na janela para tentar fazer o barulho parar. Sim, ele era um homem idoso, mas quando gritava, a escolha de palavras não parecia muito madura:

— PARA AÍ, PORRA!

— APRENDE A ANDAR, CARALHO!

Se o problema fosse realmente o barulho, não faria sentido nenhum, pois os gritos de Jorge eram muito mais barulhentos do que qualquer sapato poderia ser.

Jorge chegou a inventar que um vazamento estava vindo do apartamento de cima para que os vizinhos desistissem e se mudassem.

— Aqueles jovens malditos! — pensou...

A vizinha de cima gastou mil reais para achar o tal problema do vazamento. Contratou o pedreiro que quebrou a lajota que havia sido trocada há menos de um ano, assim como o encanamento. Ficou uma semana com um buraco no chão do banheiro. Nada foi achado, mas, ainda assim, ela tinha a intenção de pagar uma pintura no teto do apartamento para o velhinho. Uma gentileza. Onde supostamente o vazamento havia acontecido.

Quando o pedreiro apareceu, Jorge não o deixou subir.

Mas enfim... isso eram detalhes naquele dia. Inclusive, até o incômodo com os vizinhos parecia menor, já que Jorge ia ao médico... e, claro, havia pedido para que Inez o acompanhasse.

Quando chegou à consulta, esperou cerca de uma hora e meia e ficou muito frustrado com isso. Deixou os exames na mão de Inez, e andava de um lado para o outro, perguntando a cada quinze minutos para a recepcionista quando ele seria atendido. Não aguentava mais aquelas pessoas que achavam que ele tinha todo o tempo do mundo!

Quando finalmente chamaram Jorge, ele entrou na sala o mais rápido que pôde. Inez ficou sentada na sala de espera lendo uma revista sobre viagens internacionais.

— Dr. Roberto, bom dia. Tá difícil de ser atendido aqui, hein! Parece que o tempo passa pra todo mundo, menos pros seus funcionários.

— Bom dia, Jorge. É, aqui é um pouco complicado com esse grande volume de pacientes. Pode sentar, por favor. Trouxe os exames?

— Trouxe sim, doutor.

— Bem, deixe-me ver.

O médico leu cada exame, extremamente atento.

— Parece que sua ferritina está meio baixa, né? O senhor. tem comido carne, Sr. Jorge?

— Sim, tenho sim.

— Bastante?

— Umas três vezes na semana.

— Também deu alteração no CEA aqui, pelo que eu estou vendo. O senhor. fuma, Sr. Jorge?

— Não, não fumo.

— Está bem.

O médico continuou lendo cada exame, bastante atento.

— Faz tempo que o senhor fez a colonoscopia?

— Ah, sim. Um médico me pediu para fazer assim que completasse 50 anos, mas nunca mais fiz outras, porque o preparo foi horrível. Eu sofri muito, quase desmaiei. É! O preparo da colonoscopia é bem desagradável, mas é necessário fazer o exame. Não tem jeito. De resto, pelo que eu vi aqui, está tudo bem. Eu só preciso confirmar se está tudo bem coma colonoscopia, pela deficiência de ferritina e pelo CEA alterado.

— Mas por que, doutor?

— A ferritina baixa pode significar que o senhor precisa comer mais ferro ou que existe algo no seu intestino que está roubando seu ferro. Isso pode acontecer com pólipos, por exemplo.

— Como?

— Pólipos.

— Ah.... e o CEA?

— É marcador tumoral de câncer de intestino, mas o seu está bem pouco alterado. Mais provável que seja um pólipo, mesmo.

— E se for um pólipo, o que acontece?

— O senhor tira durante a colonoscopia. É um procedimento bem simples.

— OK.

— Bom, aqui está o seu pedido. Só fazer a colonoscopia e voltar aqui, tá bom?

— Tá bom. Obrigado, doutor.

— De nada, imagina. Boa tarde!

Jorge saiu um pouco desnorteado, principalmente com a possibilidade, ainda que mínima, de ter um câncer. Inez olhou para a cara do paciente particular dela e perguntou:

— Tudo bem, Seu Jorge?

— Tudo bem, Dona Inez. Só medo do silêncio, mesmo...

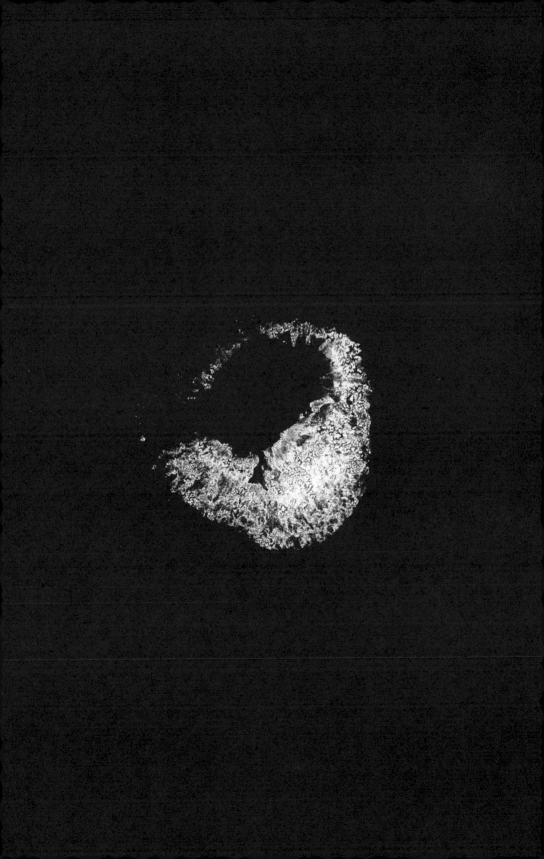

01 HORA

O sangue coagula por onde corria mais lentamente. O líquido das artérias vai para perto do chão, obedecendo à gravidade.

9

Naquela noite, ao me deitar, apenas consegui me lembrar das suas mãos, pai, encarregadas de mostrar o nada encoberto pelo tempo. A casa que um dia havia sido tudo que você queria agora tinha se tornado apenas mais um templo solitário, dentre tantos em sua vida. Padrões de uma vida de excessos, e apenas eles, pareciam ter dado as caras mais uma vez... E ela ainda estava lá. Aquela mulher. Sempre esteve, mesmo quando não estava. Disso sempre soube, mesmo quando não sabia de nada. Sempre há tempo para o eterno, afinal. Erros foram lembrados apenas para serem esquecidos, e nada mais. Muito afasta o que nunca deveria ter estado longe, mas certas coisas simplesmente são. A vida de vocês era lá, em qualquer lugar, mesmo que nunca tivesse sido. Disso sempre souberam, mesmo quando não sabiam de nada. A capacidade de amar passou por um momento terrível de subtração, mas o melhor do futuro é a incrível maneira que ele tem de colocar os outros em seu lugar, não é mesmo?

De você eu havia esperado só fidelidade, um quê de integridade. Nada além da simples possibilidade de que fosse real. Mas as verdades eram apenas carregadas de alegorias. Um categórico, ideológico e enfeitado "Sim!". Um sim dito apenas em momentos errados, para pessoas erradas, não é, meu pai?

Uma das últimas vezes, saí do quarto do hospital enquanto você assistia ao futebol. Estava sempre no futebol. E nada, absolutamente nada, poderia entrar na UTI fora a televisão. Eu sei. Eu sei. E nos canais, só esportes. Mas ainda fazia minha mãe ostentar a outros a palavra saudade.

Sejamos honestos, meu pai. Mesmo enquanto estava com minha mãe, pelo menos no final do tempo juntos, você não estava mais lá. Sabe disso, não sabe? Todos sabemos. As contas do telefone. 600 reais por mês. Toda vez que ela ligava para você era a cobrar. Você atendia e deixava a música tocar. Nunca eram ditos o nome nem a cidade onde estava. Ela sabia que poderia ser ali. Ele sabia que poderia ser em qualquer lugar. Numa deitada, sei que já havia encontrado trechos de borracha alheia na vagina vasculhada. Ainda assim haveria o grande dia! Ainda assim, sei que haveria o grande dia. Sei que você e uma das outras se casariam. Num picadeiro mantido por sentimentos que nunca estiveram lá. Trocariam alianças que brevemente seriam esquecidas em outros gaveteiros. Haveria manchas de sêmen alheio no vestido branco que você ainda não tinha visto, só para não dar azar.

Eu sei, meu pai, sei que nunca acabou se casando novamente. Só morou junto. Não deu tempo de se casar, não é? Mas sei que o faria, e se isso nos entristecesse, você faria vezes dois, pois este sempre pareceu ser seu esporte preferido, além do futebol: ver a infelicidade na vida das mulheres que te amavam.

Penso em você hoje porque já sei de tudo. Sei o que aconteceu quando me conheceu de verdade, e do que te incomoda até hoje, mesmo depois de sua morte. Só penso hoje, porque descobri ontem. Até ontem, acreditava que eu era sua responsabilidade, mas o que acontecer a partir de agora é nossa responsabilidade. Me dou o direito de chamar tudo isso de nosso assunto. Ao me colocar, explicar o que sei, não sou nem a acadêmica, nem a terapeuta, nem a pessoa de quem tem medo. Sou eu mesma, me responsabilizando, percebendo esse fardo; e usando tudo que sei e tudo que eu tenho para achar uma solução melhor para essa situação.

De 99 nomes para Deus no Islamismo, amor é um deles, sabia? Amor é a essência da transgressão, eu diria; acredito que por isso seja incontrolável. Não temos que ter medo do amor, mas daquilo que o ameaça.

Eu odeio religião, você bem sabe — só não odeio quando minha mãe vai à igreja todo dia 23 para agradecer pela minha saúde. Isso acho lindo e, de alguma forma, às vezes acho a fé necessária.

De algumas pessoas. A fé de alguns... já a fé de outros me irrita.

Por isso, meu fanatismo pelo fanatismo acabou.

Tenho, hoje em dia, vergonha de minha hibernação tolerante.

A anarquia não funciona mais para mim, pois creio que ela não seja nada além de vaidade. Algum tipo de admiração que aparece pelo encantamento ideológico de seu próprio exagero retórico.

Punks que trabalham das oito às seis.

Ah, a adolescência de hoje!

A rebeldia não revolta mais, perdeu sua função.

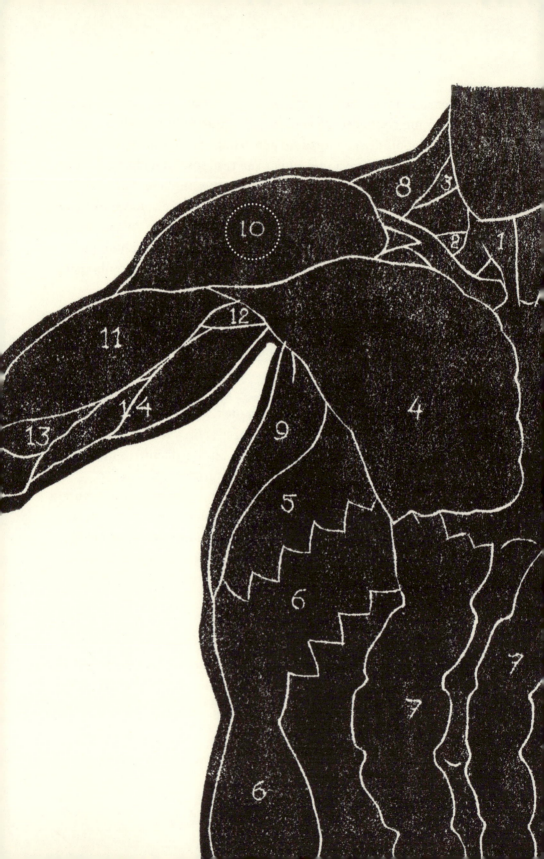

10

Como ironia de tal vaidade, meu delineador até hoje serviu como adorno de minha consciência sexual, o que claramente, na visão dos que não o usam, exclui minha possibilidade de alguma inquietude. Acontece que tal relação não existe. E foi por perceber que você me reduz a isso que agora, realmente, não vou mais com a sua cara.

Para estes preconceitos toleráveis vestidos de pessoas, quero esclarecer:

Você não sabe as marcas que minha maquiagem esconde.

Você não sabe o que já passei entre minhas pernas para mantê--las, com um salto 15, bem longe do chão por onde você cospe para exibir sua masculinidade.

Você não sabe que o sofrimento humano não está geograficamente delimitado;

A sua rejeição me trouxe uma epifania social!

Final da adolescência teimosa, tardia e ignorante em querer agradar quem só enxerga a força quando ela é bruta.

Demorou, mas a seriedade tornou-se uma piada para mim, exatamente assim que me percebi uma piada para ela.

Agora, graças a você, a cada piscar de meus olhos, acordo, e começo o dia com um grande espelho à minha frente e uma legião de palavras e ideais de mentirinhas colocados, exatamente, sob aquele *scarpin* que você tanto detesta.

— Você parece bravo. Por qual razão está bravo se o que eu disse é verdade?

— Exatamente por isso.

11

PACIENTE:
HENRIQUE SILVA

Henrique Silva tinha 44 anos, queria ter se tornado músico. Tocava violão e até havia feito alguns shows durante um tempo, mas como nunca tinha conseguido escrever uma canção e só tocava na rua, aos domingos, decidiu desistir da carreira, após a morte de seu pai, milionário, mas que havia deixado tudo para seus outros dois irmãos. Outra coisa que o frustrou bastante foi uma ex-namorada, compositora, que abriu um processo contra ele após a tentativa de roubo de Henrique, que dizia que as músicas eram de sua autoria. Ela ganhou o processo, obviamente.

Com 38 anos, aprendeu a ler tarô em um curso online e atendia com o nome de Pai Henrique. Pai do que, ninguém sabia, já que sua quitinete, e local de atendimento, era uma mistura de praticamente todas as fés existentes, apesar dele não ter nenhuma. Ocasionalmente, também fazia "trabalhos" para "trazer a pessoa amada de volta em três dias. Pagamento só depois do serviço realizado!", o que o fazia passar grande parte de suas madrugadas colando pôsteres nos postes sujos da cidade. Henrique conseguia seu dinheiro por amostragem. Sempre marcava duas consultas com os clientes humildes que o visitavam. Uma antes do "trabalho" feito, outra depois. O pagamento, claro, era feito no segundo encontro. Quando os pacientes não voltavam ele não recebia, mas quando algum, que já ia voltar com o "amado" de qualquer maneira, voltava, achava que era pai Henrique que havia conseguido aquilo, de modo o bolso e o ego dele se preenchiam, o que o fazia sentir-se completo.

Nas horas vagas, o hobby preferido dele era stalkear a ex-namorada, a das músicas. Já tinham terminado há alguns anos, mas ele nunca parava. Havia ido a festas onde sabia que ela estaria, sem que notasse, buscava seu nome todos os dias em redes sociais que continham videoclipes dela e de artistas que haviam gravado suas músicas, e havia mudado para perto de seu apartamento. Com unhas enormes e sujas, Pai Henrique criava perfis falsos para tentar diminuí-la em qualquer vídeo que divulgasse o trabalho dela. Onde ela estivesse, lá ele estaria. A atenção precisava acontecer. Alguém precisava ouvir. "ALGUÉM ME OUÇA!". "AQUELA VACA!". Ninguém. Logo os comentários eram retirados do ar e o sucesso da ex-namorada ficava cada vez maior.

Não havia nada além de um rascunho do que poderia ter sido uma boa vida, mas tinha sido destruído pela doença mental. Borderline. Jamais tratada, pois ele não achava que precisava passar por isso.

Na cabeceira, todos os livros que a ex havia lhe dado de presente quando namoravam e gibis antigos que seu pai havia dado com a finalidade de mantê-lo na infância. Podemos dizer que o pai teve sucesso. Da infância ele nunca saiu. Na vida, nunca havia entrado. Na verdade, já havia nascido meio morto.

E na cabeça, ela. Ela sim, ah ela... Aquela que o atormentava dia e noite mesmo sem falar com ele há anos. Aquela que ele odiava, pois não era capaz de amar.

Aquela que ele tentava destruir, pois a invejava. E a inveja é terrível, não é?

Afinal, só corrói quem a sente.

02 HORAS

O metabolismo deixa de funcionar. Sem metabolismo, o calor deixa de existir. O corpo, que estava a 36,5°C, começa a resfriar 1°C por hora até chegar à temperatura ambiente.

12

Após a separação, quase todo final de semana você me levava para almoçar e ao cinema, lembra, pai? Também dizia que sempre estaria do nosso lado, que nunca nos faltaria nada. No começo foi ótimo. Para ser bem sincera, como eu não gostava da sua presença em casa, que sempre me pareceu bastante castradora, lembro-me que, com um pouco de distância, nos demos super bem. Você estava frágil, triste com sua vida, então qualquer pessoa que te remetesse à sua vida anterior parecia te trazer paz. As pessoas são assim. Têm certezas de que não querem mais ficar onde estão, mas quando vão embora, querem voltar. Acho que é o corpo pedindo para ser protegido, pedindo para ficar em algum lugar familiar. Você já tinha alguém, mas sua ideia de família bem-sucedida era a gente, mesmo que isso não fosse verdade. Pouco tempo depois, nos tornamos um fardo. Eu precisava me alimentar do nada, como uma anoréxica.

Lembro-me daquela nossa conversa em uma tarde de domingo, no que deveria ser um passeio leve com sua filha adolescente, e virou isto:
— Já a traiu?
— Não.
— E se traísse?
— Contaria... Não sei guardar este tipo de segredo.
— Mas você já teve outros relacionamentos...
— Já.
— Traiu?
— Sim.
— Contou?
— Não.

Teve também o outro diálogo da conversa que você me contou. Aquele que você teve com a psicóloga com quem você saiu uma vez:
— Querida, deixa eu te falar uma coisa... eu tenho dislexia, então eu posso trocar seu nome pelo de outra mulher, sem querer. Não é por mal, mas é que acontece.
— Isso não é dislexia.

E você não parava de rir da cara delas.

Você já tinha outra na fila. Teve desde que saiu de casa, mas do que importava, não é?

Aquela sua eufórica e cínica galinhagem tomava conta de todo seu tempo livre.

Minha mãe disse que, em um momento, enquanto ainda eram casados, você não queria que ela encostasse no seu umbigo. Na hora do sexo, ela era obrigada a fazer acrobacias para não encostar no maldito umbigo. De uma hora para outra, você começou a colocar uma almofada entre vocês. Uma almofada! Para que ela não fosse CAPAZ de encostar no seu maldito umbigo. Ainda assim, durante um tempo, ela ficou.

— Até quando ele me traiu esteve do meu lado!
— O quê? Por que está dizendo isso, mãe?
— Porque é verdade.

— O que é estar do lado de alguém para você?
— ...
— Ele te disse essa frase, não foi?
— ...
— Pare para pensar nela, mãe. Isso não é possível. Ele quer que você acredite no que ele diz, e não no que ele fez.
— Às vezes seria melhor acreditar nisso, mesmo...

Cora Coralina em questão de atraso. Minha mãe com voz de cor muda, e sonhos mais mudos ainda. Mas eu entendo. Consigo ver de onde veio.

E aí você ama... E desconhece sua vida anterior sem aquela pessoa. Desconhece as promessas, e aquele fogo que te corrói por dentro queima as relíquias de tudo aquilo que você acreditava ter aprendido. Aprendeu porra nenhuma. Antes, você existia o tempo todo. Agora, nunca. Apenas isto é capaz de destruir uma mulher: ausência. Mas também é a única coisa capaz de construi-la.

— Se você não é capaz de amar, por que me trouxe aqui?
— Eu te amo, pois o que você já tem é suficiente para você.

Toda noite, quando você estava em casa, o som das secreções era frequente. Mexia nos olhos, no nariz, no membro. Não tirava a mão de nenhum desses lugares. E como num ciclo vicioso de cacoetes, criava sua personalidade. Achava curioso quando admiravam sua elegância, porque o barulho do ego fazia o favor de tampar o barulho do acontecimento de suas recorrentes secreções. Todo mundo no palco é pelo menos dez vezes mais bonito, mesmo que a guitarra seja imaginária. A música alivia a alma. Tudo em meio à inexistente fumaça de cigarro que a lei não permite mais estar em lugares públicos fechados. Vontades. Vontades do outro. O gosto de sangue na minha boca. Vermelho no chão branco. Daqui a pouco alguém chega. Mal sabia você que tudo o que você não foi era exatamente o que eu queria ser. Pois ele sempre pode voltar e acabar com você mais uma vez. E eu estou te incomodando de propósito! Nenhum ser humano pode estar frente ao que odeia ser e não se ofender.

E você? Já se ofendeu hoje?

13

A vida é curiosa, e tudo o que trazemos do que nos foi dito e feito, também.

Só sei, pai, que você deve ter feito algo de muito certo para ter tantos inimigos, pois isso sei que sempre teve. Eu era uma delas, afinal. Apenas levou um tempo para que eu tivesse certeza disso.

Lembro que você me disse: "As pessoas se conhecem, minha filha. E você conhecerá — realmente conhecerá — algumas poucas pessoas. Elas se tornam parte de sua vida e você parte da vida delas. E, então, sem aviso... meio que de uma vez, é como se elas nunca tivessem acontecido".

Talvez a sombra delas, talvez o pó delas, mas não mais elas.

Afinal, a eternidade transforma as pessoas naquilo que achamos que elas foram. Mesmo que, se elas soubessem sua opinião a respeito delas, discordassem dela ou a odiassem. A mentira torna-se realidade, pois às vezes é apenas de nossa mentira que nos lembramos. Algumas vezes nunca vimos fora dela. Talvez as pessoas nunca tenham tido o que você odeia nelas. Mas é apenas disso que você acha que se lembra. E você tem tanta certeza de que foi aquilo que aconteceu!

As compensações, no final das contas, funcionaram. Funcionaram tanto que tudo que um dia foi importante se desconstruiu nos últimos segundos... Então contei uma piada em voz alta. Só para mim. O frango que come o milho. Eu ri sozinha. A mais pessoal possível. Aquela que só ele entenderia. Relato Inspirado por Orelhas. Relato Inspirado por aquilo que você não ouve quando falo. Relato que você chama de Relatos, pois sua ansiedade não o deixa ler direito. Aquela pessoa que fala mal de você, mas tem todos os fatos errados. A exibição das opiniões é em vão e tão irritante quanto uma sirene que te acorda às três da madrugada. Ainda há a saliva por entre os dentes... Repetidas vezes em um barulho molhado e agudo. Quis me convencer de uma história inconsequente de verdade poliglota. Sonhei com besouros vermelhos que vinham consumindo meu corpo. Ela era tudo aquilo de que você sempre quis fugir, mas não conseguia parar de admirá-la. A beleza é capaz de te destruir, e você nem percebe. Como já disse uma grande amiga minha: Se uma relação tem de ficar em segredo, ela não existe. Se um homem não quer ficar em sua casa, ele não quer ficar na sua vida. Você queria, e como queria!

Nunca vi! Estava lá querendo se divorciar de minha mãe para poder se casar com o tédio. Não acredito que estava pedindo o divórcio de minha mãe para poder se casar com aquele rascunho de gente que nos tornou miseráveis. Agora não precisa mais se esconder quando o telefone toca. Agora não precisa mais fingir que tem uma parte dele que ainda está aqui. Agora não precisa mais sufocar minha boca de beijos quando, na verdade, só estava esperando para cuspir o escarro em mim. Eu não acredito.

Durante um tempo, recados de "eu te amo" foram encontrados onde eu não sabia que haviam sido previamente escritos. Isso me fez perceber que, em algum momento, eu havia, sim, sido amada.

Você me amou. Ainda assim, senti que os recados invadiam meu território como um antibiótico que deveria ser tomado todo dia às quatro da manhã. Mal sabia você que no momento em que lia aquilo, não me amava mais. Pelo menos está bem claro que não. Eu sabia que você queria tanto um menino que não quisesse brincar com bonecas! Mas sabe o que descobri, meu pai? Enquanto você tentar mascarar sua mediocridade não conseguirá muita coisa, sabia? Exponha-a e você virará herói. Foi sempre isso que aconteceu com você, não foi? De alguma forma, sei que foi. Ou você não sabia que o que você expunha era medíocre aos olhos de muita gente. Sempre se achou tão incrível, afinal...

Enquanto isso, depois que você se foi, eu queria conseguir me afastar emocionalmente. Saber como seria se você não estivesse em mim.

Como já disse, meu pai, o problema nunca foi o dinheiro, mas a vontade de pagar. Vontade que entrou em desuso assim que eu me tornei uma filha opcional. Dizem que não existe ex-filho, não é? Nunca ouvi bobagem maior.

Nem um aniversário inteiro você quis passar comigo. Era só o que eu queria de presente e ainda assim, você não foi. Disse que era muito tempo. Um dia inteiro comigo.

Mas quando eu fui embora, você olhou minha bunda, não olhou?

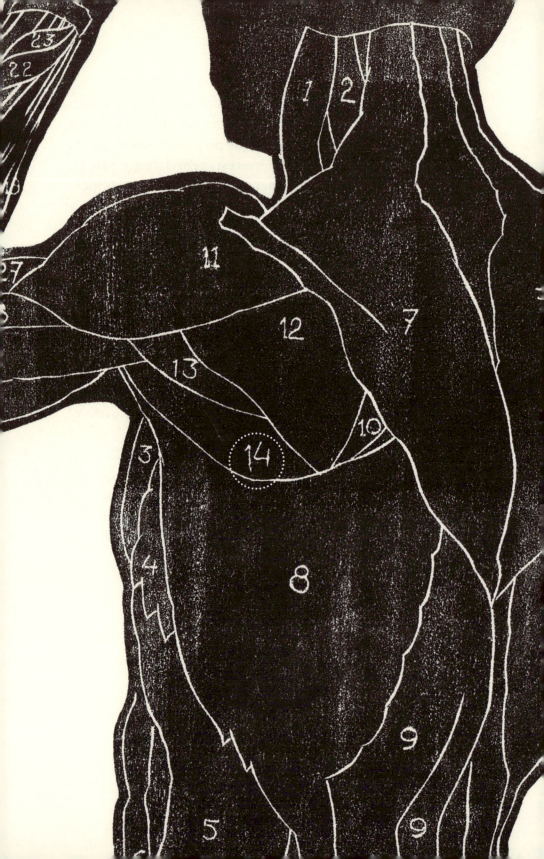

14

PACIENTE:
MÁRCIO BERACK

Márcio Berack, 34 anos, clarinetista nato, toca na Orquestra Municipal há mais de 10 anos e, se pudesse, carregaria suas habilidades como músico como uma capa de super-herói. Se pudesse carregar o diploma onde quer que fosse, também o faria. O que fosse mais visível.

Márcio mora com Juliana, violinista que conheceu quando ensaiavam o Concerto para Violino e Orquestra em Mi Maior, de Bach. Pretendem se casar em breve, até o fim do ano.

17h07. E estava atrasado de novo.

Maldito trânsito. Esse é o preço que se paga por morar numa cidade grande. Mas só numa cidade grande que um cara como Márcio Berack poderia arranjar um emprego.

— Moço, se você virar aqui à direita, acho que conseguimos chegar mais rápido.

— Pode deixar! — respondeu o motorista de aplicativo.

17h09. O motorista ligou a seta para a direita. Tic-tac, tic-tac, tic-tac. 175 bpm. O andamento de Morgen!, de Richard Strauss.

"Eu poderia até cantarolar sobre esses cliques", pensou Berack.

And tomorrow the sun will shine again
And on the way which I shall follow
She will again unite us lucky ones
As all around us the earth breathes in the sun
Slowly, silently, we will climb down
To the wide beach and the blue waves
In silence, we will look in each other's eyes
And the mute stillness of happiness will sink upon us

17h13. Quase lá. Ele já conseguia ver o prédio do consultório de urologia. Márcio se lembrou de Juliana e de como Strauss traduziu o que ele sentia tão fielmente. Curioso como alguém que nunca conhecemos, de outro tempo, de outro lugar, parece nosso melhor amigo às vezes. Juliana e a pequena Helena, em sua barriga, ainda por vir.

17h14.

— Moço, vou descer aqui mesmo. (...) Pode encostar. Isso, aqui mesmo. (...) Eu vou logo ali, não tem problema. (...) Obrigado! (...) Boa tarde pra você também!

17h16. Todo aquele papo de recepcionista "Vai onde?", "9º andar, Dr. Roberto", "Já veio aqui antes?", "Não, nunca vim", "Me empresta um documento."

17h22. Chegou. Correu para a recepcionista do consultório.

— Aguarde aqui um momento. Como o senhor atrasou, o Dr. Roberto passou o outro paciente na frente. Daqui a pouco ele sai e o senhor entra. Ok?

17h26. Nada.

17h33. Nada. Só a televisão em algum filme ruim.

17h44. Finalmente: "Dr. Roberto vai atendê-lo".

— Sente-se, meu garoto! Tudo bem? O que te traz aqui?

Márcio olhou a plaquinha sobre a mesa. Dr. Roberto Shiynuki. Beatles. Dr. Robert. Afinal, não só de música clássica vive um homem.

Ring, my friend, I said you call Doctor Robert
Day or night he'll be there any time at all, Doctor Robert
Doctor Robert, you're a new and better man
He helps you to understand
He does everything he can, Doctor Robert

— Vou ser direto, Dr. Roberto. Eu quero fazer vasectomia. Minha noiva está grávida. Na verdade, ela hoje é minha noiva porque está grávida. Sabe como é, né? — Berack deu aquela risada nervosa que apenas damos quando sabemos que falamos algo errado.

— Eu consigo imaginar.

— Pois é. Devemos nos casar em novembro, e a pequena Helena está marcada pra vir perto do Natal. Mas, assim, na verdade, eu não quero mais filho. Eu nem tinha planejado a Helena, mas agora é tarde demais. Definitivamente, já decidi que não quero mais nada disso na minha vida.

— Veja bem, meu filho. — Começou o Dr. Shiynuki. — Devo lhe dar algumas informações a respeito do seu desejo. É um procedimento bem simples, mas o senhor tem certeza da sua decisão? Você ainda é bem jovem. Tem muita coisa pela frente.

— Tenho certeza, doutor, sem dúvida nenhuma.

— O senhor já considerou outros métodos contraceptivos?

— Sim, mas minha noiva não pode tomar pílula, sei lá por que, e eu não gosto de usar camisinha com ela, então...

— Bom, se o senhor decidir seguir com o procedimento, não haverá alteração em seu desejo nem em sua potência sexual. Inclusive, os espermatozoides continuarão a serem produzidos, eles só não conseguirão se juntar ao esperma. Outra coisa: essa é uma cirurgia reversível, mas até certo ponto.

— Sim. Já me decidi. Pai uma vez só já basta, e olhe lá!

— Ok, eu entendo. Mas tem uma coisa muito importante que você deve considerar também. Hoje, você está com a... Qual o nome da sua esposa?

— Noiva — corrigiu Márcio —, minha noiva se chama Juliana.

— Juliana, pois bem. Hoje você está com a Juliana, mas amanhã pode não estar mais. E se você se separar dela e sua próxima mulher quiser ter filhos?

— Mas o senhor disse que é reversível, não é?

— Sim, a vasectomia é reversível. Contudo, há riscos envolvidos. Além do mais, sempre recomendamos que a reversão seja feita, no máximo, em até 10 anos após o procedimento inicial.

— Não tem problema. Dessa vez estou confiante. Eu gosto dela e, mesmo que esteja enganado em relação a isso, sei que não estou quando digo que não quero mais filhos. A próxima terá de entender.

— Então, tudo bem. Se esse é o seu desejo, vou fazer o pedido dos exames preparatórios para darmos sequência à sua operação, certo? — disse, Dr. Roberto enquanto começava a escrever.

— Claro. Sem problemas.

— Conte-me mais sobre você. O que faz da vida? Por que esse cabelão?

18h01. Márcio nunca tinha pensado de fato sobre o motivo dos longos cabelos escuros abaixo do ombro. Morou com a mãe até os 28 anos, quando conheceu Juliana na orquestra. O pai, minerador, morrera ainda era jovem, em um acidente de trabalho. Deixou para o filho sua singela coleção de discos de rock e, para a esposa, sua singela coleção de dívidas.

Foi através dos álbuns do pai que Berack se interessou por música. Quando ouviu Jethro Tull pela primeira vez, se apaixonou pela mistura de rock e música clássica, a flauta discutindo com a guitarra sobre quem tinha mais razão. Apesar de tudo isso, optara pelo clarinete. Não por paixão ao instrumento, no começo. Mas sim porque sua mãe havia achado um em promoção numa loja de usados, e o deu de presente para o filho. Ele havia pedido insistentemente por uma flauta transversal – sonhava em tocar Aqualung inteira –, mas sua mãe comprou um clarinete. Para ela não fazia nenhuma diferença. Márcio descobriu, alguns meses depois, que para ele também não. Ele era bom com o clarinete, e foi cursar faculdade de música. Quando se formou, foi direto para a Orquestra Municipal, e de lá nunca saiu.

— Alice Cooper — disse, enfim.

— Oi?

— Alice Cooper. O motivo do meu cabelão.

— Não conheço. Ela canta o quê?

— Ele canta rock. Tem elementos de teatro também. Ele canta algumas músicas com uma cobra no pescoço, é decapitado no palco, e várias outras coisas.

— Nossa! Olha, me desculpe, mas não sei como alguém consegue se submeter a isso. Deus me livre!

Márcio balançava a perna esquerda sem parar. Andamento 4/4.

Então puxou uma das bolinhas do pêndulo de Newton que ficava na mesa do médico. A bolinha da esquerda bateu com força nas outras quatro e a da direita saiu voando. Voltou e fez o processo inverso.

— Sempre quis mexer num desses, doutor.

O médico sorriu e levantou as sobrancelhas.

— Uma pancada e lá se vão os espermatozoides voando. Não se preocupe, eles voltam, se quiser.

8h08. As bolinhas continuam a bater, incessantemente. Tic-tac, tic-tac, tic-tac. 87 bpm. Réquiem, de Mozart. Kyrie, para ser mais exato.

Kyrie, eleison.
Lord, have mercy on us.

• • •

Márcio foi fazer a vasectomia. Juliana foi acompanhar o ainda noivo frustrada. Acordaram às cinco da manhã, pegaram o motorista de aplicativo e foram para o hospital, onde Dr. Roberto já o esperava com a equipe pronta. Juliana passou o caminho inteiro de braços cruzados, deixando bastante aparente que estava bem revoltada com a decisão do noivo. E não, não era pela vasectomia em si. Primeiro, ele escondeu dela a primeira consulta com Dr. Roberto. Já chegou ao apartamento deles com a decisão tomada e dizendo que não mudaria de ideia.

    É claro que ela queria que ele tivesse pensado mais sobre a decisão, mas, para ela, um filho já era suficiente. A vida de músico clássico não é difícil, eles normalmente têm uma boa renda, e um emprego na orquestra mais importante da cidade, estável até certa medida. Ainda assim, nunca se sabe o dia de amanhã, e seria bom se eles só tivessem um filho. No fundo, Juliana estava frustrada, pois Márcio a havia colocado em dúvida. Era como se ele estivesse, com aquele ato, dizendo que não acreditava nela. Que não acreditava que ela não tentaria engravidar novamente, e (pior!), que ela, provavelmente, JÁ o havia enganado ao engravidar, sendo que sempre disse para ele que não podia tomar anticoncepcional pela grande possibilidade que ela tinha de ter um AVC, caso ela tomasse, mas ela sabia que ele já havia esquecido da razão. Achava que era capricho dela.

Na verdade, ela havia ficado grávida, pois a camisinha estourou, e ambos haviam decidido que ela não tomaria a pílula do dia seguinte, mas assim que soube que estava grávida, a culpa da gravidez havia recaído completamente sobre ela. Márcio tentou parecer feliz, mas qualquer um poderia perceber que ele estava bem p. da vida.

A raiva e a frustração de Juliana em relação a Márcio eram pelo amor que faltava, pois havia começado a desconfiar que o filho que estava carregando era de um homem que não a amava o suficiente para ficar feliz com a gravidez dela, e que este homem havia ficado tão traumatizado com o fato de ela ter engravidado, que preferia passar por uma intervenção cirúrgica só para não correr o risco de ter um filho com ela ou, pior, um filho com outra, já que, no fundo, ele achava que eles não iam durar muito, mesmo. Juliana sentia isso.

O casal chegou ao hospital uns 20 minutos antes do horário marcado. Tiveram tempo de sobra para conversar com o médico e a equipe, se certificarem de que estava tudo bem e, então, prosseguirem com a cirurgia.

— Ansiosos? — perguntou Dr. Roberto.

— Nervosos, eu diria — respondeu, Juliana, com um sorriso amarelo.

Ela não conseguia esconder sua insatisfação. Tentara se convencer diversas vezes de que estava tudo bem, mas não estava. Voltou até a fumar escondido. Escondia o hálito do cigarro com chá de hortelã e balas de menta. O que um cigarro ou sete por dia podiam fazer ao bebê? Helena nasceria saudável e seria uma excelente advogada. Sim, Juliana já tinha tudo programado para a filha.

Aos 6 anos, balé clássico. Aos 10, aula de canto e piano. Aos 11, a ensinaria a beijar. Aos 13, viagem para a Disney. Festa de 15 anos temática. A partir dos 16, já faria a cabeça da menina para ser advogada. "Eu e seu pai nos demos bem na música, mas você tem de se garantir. Sabe como dizem, um raio não cai duas vezes no mesmo lugar!". Aos 18, garantiria que passaria na faculdade. Com a OAB em mãos, em poucos anos sairia de casa para viver sua vida. Helena ainda estava se formando na barriga da mãe, mas sua vida já estava toda traçada.

— Pois muito bem. Márcio, por favor, vista o avental e siga as instruções das meninas. Nos vemos na sala de operações daqui a pouco. — Dr. Roberto o cumprimentou e se retirou.

Márcio foi para o banheiro se trocar. Ficou nu e olhou para o próprio pênis. "Hoje é seu grande dia, amigão!", pensou. Levou as mãos à cabeça, acariciou os cabelos lisos, respirou fundo e vestiu o avental. Seu uniforme nos palcos era um pouco menos revelador. O terno e a gravata borboleta definitivamente não deixavam suas nádegas expostas.

Márcio deitaria na maca e Dr. Roberto, o maestro deste concerto, iria manusear sua batuta. Se ele fizesse os movimentos corretos e todo o resto da orquestra seguisse de acordo, tudo acabaria bem. O grand finale!

Vasectomia, opus 47.

Juliana não conseguiu segurar o riso quando seu noivo saiu do banheiro.

— Tô quase te perdoando pela vasectomia.

E continuou a rir. Ele não ligou. Estava ridículo mesmo, tinha consciência disso. Mas os cabelos... Ah, os cabelos continuavam lindos.

— Você esqueceu isso, Sr. Márcio.

Falou uma das enfermeiras segurando uma touquinha.

— Ah, ok.

— Dona Juliana, por favor, a senhorita podia seguir a Kimberlly até a sala de espera? Obrigada. — Pediu a enfermeira loira.

Juliana deu um beijo na boca de Márcio, lhe desejou boa sorte e disse que o amava. Ele não disse nada. Kimberlly, a enfermeira ruiva não natural, então segurou a porta e conduziu Juliana pelo corredor. Márcio ficou sozinho com a enfermeira no quarto.

Após alguns minutos de silêncio constrangedor, outro enfermeiro entrou no recinto com uma maca. Berack subiu nela, e os três seguiram para a sala de operações.

Estava deitado de barriga para cima, com os olhos fixos no teto que se movia sobre seu corpo. Luzes passavam por ele num ritmo constante. Um, dois, três, quatro. Um, dois, três, quatro. "Andante moderato". Se os enfermeiros reduziam o passo, o andamento da música em sua cabeça também diminuía. Um... dois...três...quatro. "Adagio".

Uma cacofonia de sons ao redor: pacientes gemendo, enfermeiros conversando, mensagens chegando aos celulares, cachorros latindo na rua, instrumentos cirúrgicos. Instrumentos. Márcio se perguntou se abririam ele com um arco de violino.

No fundo, ele queria mesmo estar fazendo uma cirurgia no cérebro. Não porque fosse muito preocupado com seus genitais, mas porque adorava os vídeos dessas cirurgias onde os pacientes tocavam algum instrumento para ficarem acordados. Se imaginou soprando o clarinete enquanto mexiam no seu lobo frontal. Tocaria "Rhapsody In Blue", do Gershwin. Um clássico.

Berack entrou na sala de cirurgia, onde o Dr. Roberto e mais quatro profissionais o acompanhavam. Ouvia os bipes das máquinas. 125 bpm, em 7/8. Cantarolou baixinho alguma melodia cujo nome não se lembrava enquanto o médico lhe explicava como procederiam.

– Agora o anestesista irá *nananaaa na* e você irá apagar por *na naaaanaa na* mas não se preocupe pois *nana naanaaaa* lhe reavivar *nananaaa na na* muito improvável *nananaaaaa* impossível *naaaanaaana* 22 anos de experiência e isso nunca *nananaaaaa*.

Sim, claro. Como poderia ter esquecido? Free Fallin'. Tom Petty.

Dr. Roberto perguntou se ele estava preparado e Márcio confirmou com a cabeça. O enfermeiro então pegou seu braço, o perfurou com a agulha e ofereceu o acesso ao anestesista. Ele colocou um tubo no local indicado e conferiu algo na bolsa que pendia sobre Márcio.

— Sr. Berack, por favor, conte de 10 a 1, bem devagar — pediu o anestesista.

— Claro. 10. 9. 8. 7. 6...

E tudo ficou preto.

• • •

Márcio vê seu reflexo em um espelho.

Enxerga um menino que não sorri.

Em um piano, ele toca notas que não existem.

Ele vê um homem que toca pianos de notas conhecidas.

Quando ele se aproxima, o piano se afasta.

Outros fazem música por ele. Tocam tudo. Pianos, clarinetes, tubas, a orquestra inteira, mas precisam tocar rápido, pois todos os instrumentos parecem derreter; vão derreter completamente em poucos minutos!

Corra, Márcio, corra!

Ele tenta pegar os instrumentos, mas não consegue. Eles escorrem por entre seus dedos.

O menino não sorri.

Aquele mesmo menino não sorri. Um menino deveria sorrir. Qual a razão de aquele menino não sorrir?

A melodia não faz sentido, mas atenta ao mundo exterior.

Às vezes ele esquece que há um mundo exterior.

Dentro de casa, uma cortina de veludo cobre metade de seu rosto.

Enquanto isso, elas o observam do lado de fora...

Duas mulheres de rosto parecido. Com a mesma roupa preta, como gueixas do inferno.

Os mantos escuros competem com o ruído estridente do vento.

O tapete caçado acolhe gentilmente aquela solidão.

Ele ainda a quer! Incansavelmente.

O menino não sorri, mas mostra seu pulso para Márcio.

Márcio chega para olhar de perto e vê inúmeros insetos saindo dos pulsos do menino. No pulso há larvas, baratas e moscas.

O mundo externo existe!

Roupas escuras voam, dançando amigavelmente com o vento forte que também atinge a sepultura de alguém que ainda vive.

Cova aberta.

Mas alguém espera que ele se vá, mesmo que seja apenas pelo costume de ver o fim.

O beijo observado traz uma estranha sensação: As duas mulheres de feições parecidas se beijam, e ele não consegue respirar!

Elas o observam do lado de fora.

Os mantos escuros competem com a sensação de vazio do começo da manhã.

É começo de uma manhã.

Os assovios competem com o ruído estridente do vento.

O frio enfraquece e atinge até o que sobrou das folhas verdes que ainda sobrevivem no jardim secreto, que é tão verde, pois só ele mesmo costuma visitar.

O verde ofusca a verdade e, finalmente, faz a prática da ousada teoria: A esperança de ser algo totalmente diferente do que é.

Elas o observam do lado de fora.

A cortina de veludo não cobre mais metade de seu rosto.

O menino não sorri, mas mostra seu pulso, que também parece derreter.

Márcio tenta recolhê-lo novamente.

Elas o observam do lado de fora.

Eles não tocam mais nenhum instrumento.

O frio atinge as folhas verdes que ainda sobrevivem no jardim secreto.

Um pássaro preto pousa em seu ombro.
Quando Márcio tenta pegá-lo, ele desaparece.
Márcio tem a sensação de estar se afogando.
Suas roupas negras voam, lutando contra o vento forte que atinge a sepultura de quem ainda vive.
Ele luta contra o que quer que ele se vá.
Os observadores tornam-se o mais próximo do que ele já teve de uma família.
Os homens cantam por ele.
Em um piano, notas são finalmente interpretadas.
O menino é consumido pelo mesmo vento forte que havia carregado suas roupas.
O pássaro preto volta para o ombro de Márcio.
Agora, o pássaro não sai do ombro dele.
Nem com o vento forte.
Márcio precisa se equilibrar para ficar em pé.
O pássaro nunca teve tanta facilidade em ficar em algum lugar.
O menino mostra o pulso para Márcio e sorri.

• • •

Márcio acorda assustado, mas logo dorme novamente.
    Durante a cirurgia, tudo correu bem. Até Juliana, que antes estava brava, agora parecia mais calma. Ele acordou algumas horas depois na cama do hospital, sentindo muita saudade de Juliana. Acordou bem grogue e viu a mulher apoiada no parapeito da janela do hospital. Quando percebeu que estava sendo observada, Juliana abriu um sorriso enorme para Márcio, e ele jamais a havia achado tão linda. Então Márcio se emocionou, de seu olho direito caiu uma lágrima que percorreu seus volumosos cabelos, com toda teimosia que uma lágrima quase sempre insiste em ter.
    — Meu amor, como você está? — perguntou Juliana.

— Estou bem, estou bem...

— Dr. Roberto disse que deu tudo certo. Você não tem com o que se preocupar, está bem? Você vai ficar aqui só por hoje e amanhã já vamos para casa.

— Tá bem. Amor, me dá um pouco de água, por favor? Minha boca está seca.

— Claro.

Juliana foi pegar a água. Sentiu os olhos dele percorrendo todos seus movimentos: A abertura do frigobar, o copo transparente de plástico sendo retirado da pilha, o jeito que o pulso dela pendia para baixo enquanto ela segurava a garrafa pesada, as unhas pintadas de um vermelho escuro, o contorno que o queixo mantinha quando ela estava de frente, tanto quanto estava de perfil, o jeito que ela arrumava suas roupas assim que se sentia exposta em excesso, o jeito que ela colocava a água no copo, o jeito que ela andou até ele, o jeito que ela cuidava de tudo que era deles. Lá estava ela, grávida, e mais sexy do que nunca. Sua mulher, carregando seu filho. Ele não estava mais pensando em músicas e tudo o que as acompanhava, mas nela. Juliana. Só nela. Como não havia percebido nada disso antes? Precisou levar uma anestesia e ficar desacordado para perceber?

— Márcio, você é um imbecil — pensou.

Juliana entregou o copinho para ele, que pegou a água com uma mão, e agarrou no pulso dela com outra.

Juliana olhou assustada para seu próprio pulso.

— Escuta... Eu nunca vou embora, me ouviu? Te prometo.

Ela olhou para ele com os olhos arregalados.

— Tá bom. — Nos olhos dele, ela viu que era sério.

— Vem aqui. — Ele fez um gesto com a mão, para que ela se aproximasse e deu o melhor beijo que ela já recebido. Com as mãos na nuca de sua mulher, e apertando, mais forte do que nunca, seus lábios contra os dela.

Finalmente, ele estava lá, perdido nela, ironicamente, já contestando se a vasectomia havia realmente sido uma boa ideia. Bom... Só o tempo ia dizer.

Ela não entendeu nada da reação dele, mas estava bem claro que havia conseguido tudo o que queria. Tanto, que o coração de Juliana disparou e ela sentiu até o bebê chutar. Ele também sentiu. Os dois riram.

Ele estava ali. Ele estava finalmente ali.

Juliana nunca mais fumou.

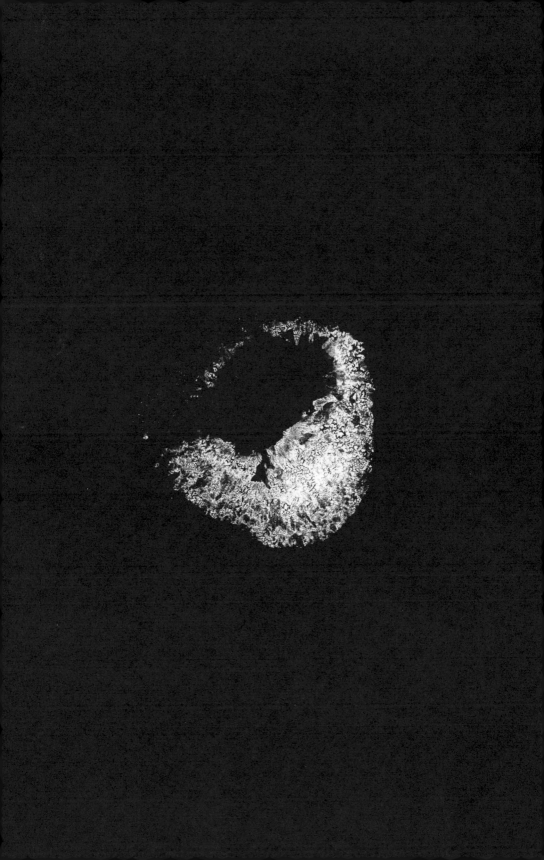

03 HORAS

O corpo fica rígido quando as reservas de ATP dos músculos acabam. A primeira parte do corpo que enrijece é o rosto, por ter músculos mais curtos. Depois, endurecem os ombros, braços e tórax, então o resto do corpo.

15

Você gostava muito de cantar quando eu era criança. Ouvia bastante James Taylor, Eric Clapton, e gostava de tentar reproduzir algumas das músicas que eles cantavam, do jeito que eles cantavam. Lembro-me do quanto você franzia a testa para tentar alcançar as notas. Quase nunca as atingia. Ah, meu pai e a música durante minha infância. A pior parte era quando você começava a cantar com a grandeza e a melodia de um periquito moribundo, achava que era muito melhor do que realmente era. Achava que agradava muito mais do que realmente agradava. Lembro que algumas vezes fui tentar cantar para você. Eu achava que eu seria boa. Cantei para algumas coleguinhas, algumas vezes, e elas disseram que eu era boa. Mas quando foi a hora de cantar para você, me disse que eu era horrível e que eu devia me concentrar em fazer algo que eu pudesse fazer bem se eu treinasse, e que não era o caso de cantar. Você também me disse que já havia "nascido sabendo" cantar e que, por mais que eu tentasse aprender, no final das contas aquilo só me traria frustrações, então era melhor eu nem tentar.

Lembro-me de passar o resto de minha infância cantando muito quando você não estava em casa. Não só você, na verdade. Eu olhava em volta, pesquisava os cômodos da casa, e se eu tivesse certeza de que não havia mais ninguém lá, eu cantava. Cantava tão alto que acho que a vizinhança inteira conseguia me ouvir. Mas se não me vissem, e não tivessem a certeza de que era eu expondo minha voz, então estava tudo bem. Minha outra tática era cantar bem baixinho, com a porta trancada, tentando alcançar algumas notas difíceis. Quando tinha a impressão de ter conseguido, dormia orgulhosa de mim.

O gosto de sangue na minha boca.

Aquela mulher. Ela esquecia meu nome tempo suficiente para fazer entender que o que causava o esquecimento era um problema meu, não dela.

Você nunca soube escolher depois de minha mãe. Nunca.

Sabia que saliva é só sangue filtrado? Nas glândulas salivares, o sangue é coado. Os glóbulos vermelhos são retidos.

Não precisamos de nada vermelho saindo de nossas bocas, não é? Mas é...

Lembro que foi perto daquela época, do seu não sobre meu canto, que minha voz começou a falhar. Tornei-me ainda mais tímida, e comecei a esconder meu canto dentro de mim. Nunca mais tentei fazer nada do tipo. Música se tornou algo que eu só ouvia. De vez em quando. Lembro que até quando eu colocava a caixinha de música do meu avô para tocar, e cantava junto, você achava ruim.

Ó Suzana, não chores por mim...
BUM

Às vezes ia até a porta do seu quarto e da minha mãe, onde a caixinha ficava, enquanto eu estava deitada na cama olhando para ela, e você batia a porta com tudo. Era para que eu percebesse que estava incomodando. E eu percebia, pai. Tenha certeza disso. Eu era só uma menina, mas enxergava muita coisa.

Foi curioso quando te vi cantando as músicas de minha infância no quarto do hospital. Morria com uma gripe. Ficava de cama, acabado. Bastou estar com câncer para andar pelo quarto cantando. Vai entender!

Aliás, por falar em meu avô...

Não consigo me lembrar dele sem me lembrar do pássaro preto.

O pássaro preto e meu avô. Meu avô o tirava da gaiola e ficava conversando horas com ele, depois o colocava de volta. Várias vezes andava pela casa com o pássaro preto no ombro e, óbvio, o pássaro preto jamais havia considerado fugir. Quando queria, colocava o pássaro preto de volta na gaiola e, consentindo à vontade de meu avô, o pássaro voltava, com toda a educação do mundo. E ficava lá, vivendo a vida de pássaro engaiolado que não gostaria de estar voando por aí.

Meu avô tinha essa crença de que o pássaro preto sabia quando ele ia morrer. Um dia o pássaro caiu duro na gaiola. Morto. Foi o dia em que meu avô começou a adoecer. Ele sabia, meu avô sabia. Assim que viu o pássaro em seu fim, disse que não duraria muito mais tempo. Em um ano estava morto. Cirrose. Se tivesse parado de beber tanto, a premonição poderia ter sido menos exata. A fé das pessoas e a falta de praticidade que há nelas. Eu gostava do meu avô. Gostava muito. Ele me dava balas e não me forçava a brincar ou conversar quando eu não queria. Ele sim cantava bem. Foi uma pena ter de matar aquele pássaro para confirmar a premonição dele. Eu não queria chatear o meu avô, sabe? Ainda bem que ele nunca descobriu. E eu, nunca esqueci aquela sensação. Mas é isso. No final nos pegamos pensando: acontece algo em que acredito, pois acredito nisso, ou acontece algo em que acredito, pois tento fugir disso? Na verdade, cada um acredita no que precisa para amenizar a própria consciência. O que deveriam ter feito e não fizeram, sabe? Às vezes me parece muito difícil que as pessoas escolham ter responsabilidades. Minhas mãos coçam sem parar. Dizem que é dinheiro. Terei boa sorte. Lembro-me das penas do pássaro preto em minha mão. Mas nem uma janela há no quarto em que estou presa. Engraçado. Algo aqui dentro me lembra uma enfermaria. Dentro de minha cabeça. Ainda assim terei boa sorte. Talvez tenha sua vontade de pagar. Minha mão ainda coça. Não importa. Estou rica. Me diga quantas vezes você já contou até dez. Eu contei tanto até dez que já perdi a conta.

16

PACIENTE:
PAULO LOPES

Paulo Lopes tinha quase 40 anos e gostaria de ter sido veterinário, já que a coisa mais importante da vida de Paulo era proteger os animais. De família humilde, o filho único de uma mãe solteira nunca havia tido um amigo sequer na infância. Os meninos do bairro o ridicularizavam por causa de seu peso. Além disso, o achavam bobo demais, já que todos eram bem "malandros". Enquanto os meninos pensavam se seguiriam ou não a carreira de traficante, Paulo tinha o sonho de jogar Detetive ou Banco Imobiliário com algum colega. Num bazar beneficente, ele encontrou o Jogo da Vida, que jogava, de vez em quando, sozinho, mesmo com umas peças em falta. Na escola, ele também costumava ficar sozinho. Na realidade, Paulo havia adquirido uma leve deficiência mental, mas não sabia. Ou viria a saber. O pequeno atraso passaria a ser considerado uma característica, um traço de sua personalidade.

A mãe sempre o deixava com uma vizinha quando ia trabalhar. Era essa mulher quem buscava o menino na escola quase todos os dias. Acontece que durante um tempo, a vizinha precisou viajar para o Nordeste. Cuidar do pai que estava falecendo, e o menino, de cinco anos, precisou ficar sozinho em casa. Como Deus não gosta quando a desgraça é pouca, o menino acabou pegando meningite, e escolheu não incomodar a mãe com o problema que tinha. A mãe percebeu, claro, que ele estava com febre e sintomas estranhos, mas não tinha tempo de levá-lo ao médico. Pensou, como o menino, ser apenas uma gripe, e fez alguns chás à noite durante aquela semana. Pareceu bem melhor que parar de trabalhar para passar horas na sala de espera de um hospital público.

Enquanto tremia na cama, e tinha algumas alucinações, o único companheiro que ia checar se o garoto estava bem era Gotinha. Um cachorro vira-latas branco, que lambia o rosto do menino, assim que percebia o aumento da tremedeira e, claro, ficava todo o tempo do seu lado.

Paulo cresceu, trabalhou como motoboy, fez milhares de bicos e conseguiu entrar numa faculdade particular de veterinária. Com ajuda de um financiamento estudantil, ingressou no curso. Precisaria se esforçar muito, financeira e psicologicamente, para conseguir se concentrar, mas, lógico, sempre acreditou que conseguiria, afinal era o que sempre ouviu na igreja que frequentava com sua mãe.

O problema é que ele jamais foi muito competente para decorar nomes, e ainda tinha uma tremedeira toda manhã, assim que acordava, que diminuía ao longo do dia. Também nunca havia ido ao médico para tentar descobrir a razão dos tremores. Isso o Deus com olhar seletivo dele não enxergou.

Durante anos, se esforçou. No primeiro reprovou em quatro matérias, no segundo em três. Pleuras, Parvovirose, Patas, Parainfluenza, Rinotraqueite, Clamidiose, Giardíase, Adenovírus Tipo II. Nomes grandes de significados maiores ainda. Não conseguia lembrar o que era cada um, imagina! Jamais conseguiria!

No quarto ano, o financiamento estudantil entendeu que não deveria continuar bancando Paulo. No quinto, ele precisou deixar a faculdade e encarou que talvez não fosse possível seguir com seu sonho. Afinal, a vida é assim, não é? Os ricos planejam e realizam, já os pobres? Ah... os pobres assistem a tudo numa cadeira muito da desconfortável.

Paulo seguiu bem sua vida, morando com sua mãe e trabalhando como motoboy na sua motinho de 150 cilindradas que nunca havia dado nenhum problema. Quando estava perto do aniversário de quarenta anos, foi fazer uma entrega extra para comprar um novo tênis de presente para si mesmo, mas caiu ao desviar de um gato e bateu a cabeça no meio fio, na rua da entrega.

DE 5 A 8 HORAS

Sem oxigênio, os vasos começam a necrosar, e ficam cada vez mais frágeis. O sangue sai dos vasos e impregna os tecidos vizinhos.

17

Queria te contar melhor sobre James, meu ex-namorado. Lembra-se dele? Eu já era bem mais velha quando fiquei com ele, mas não sei se você se lembra. Provavelmente, não. Afinal, você não estava mais nem aí.

O conheci assim que eu comecei meu estágio no hospital. James era lutador amador de boxe, peso pesado. Tinha 1,80 e não era muito magro. Viciado em academia, era na verdade bastante forte. Nasceu no Recife, mas havia se mudado para São Paulo havia algum tempo, e estava tentando uma carreira como propagandista. A mãe dele era uma dermatologista muito rica, que tinha apenas mais uma filha, mais nova que ele, e havia se separado do pai de James quando ele ainda era muito novo. A mãe sustentava a vida dele, mas quem era o herói para James? O pai que, pelos relatos, era um homem abusador, e que acreditava que "a mulher que fica e aguenta nossos piores dias, é aquela com quem vale à pena ficarmos". James também acreditava nisso.

O primeiro sinal vermelho de James também foi a buzina afundada no volante do carro dele, que ele justificou como "uma besteira que ele fez", além do vidro quebrado, já que "algo havia caído no vidro e ele não viu". Eu nunca havia visto nada do tipo, e era muito nova, então queria acreditar que tudo aquilo realmente fora um acidente, já que ele vivia dizendo que "jamais bateria em mulher" e que "era covardia um homem usar a força contra mulher". Quer um conselho, pai? Acredite no que você vê, não no que você ouve. Seus olhos, normalmente, têm razão.

Hoje, pensando em tudo o que aconteceu, consigo lembrar de algo que não foi estava claro para mim num primeiro momento. Estava com James há pouco tempo, em torno de dois meses, e, como meus problemas no estômago sempre foram frequentes, e minha mãe precisava trabalhar, pedi para que ele me acompanhasse a uma endoscopia que eu precisava fazer. Ele pareceu bem cuidadoso, me levou ao médico, depois me levou à casa dele para que eu pudesse repousar.

Um tempo depois do exame, deitada na cama dele, sentindo ainda meu estômago estufado, e um pouco zonza do sedativo, senti ele em cima de mim. Sem cueca. Acordei com ele me estuprando sem saber direito o que estava acontecendo. Quando ele percebeu que eu havia acordado, começou a dizer que eu havia pedido e que ele sabia que era isso que eu queria. Foi assim que ele me convenceu de que não estava fazendo nada contra minha vontade, e foi assim que eu me vi como alguém excitante, e acreditei que aquilo não era um estupro. Mas foi o que foi. E fui me lembrar disso e criar consciência do que havia acontecido alguns meses após o fim do relacionamento. Não, a gente não acha que esse tipo de coisa pode acontecer com a gente. Não, a gente não acha que mulheres esclarecidas são capazes de cair nessas armadilhas e passar por esse tipo de coisa. Nós saberíamos se estivéssemos passando por algo assim... Será?

Fiquei apenas nove meses com James, e aí acredito que meu amor próprio tenha nascido. Mesmo que tenha morrido logo depois.

Ainda não entendi muito bem a razão disso, mas ele começou a cuspir em meu rosto durante o sexo. Não de uma maneira excitante. Mas no meio do ato, ele simplesmente cuspia em mim, e começou a forçar sexo anal. Quando eu menos queria, era quando ele parecia precisar daquilo. Não houve estupro, mas também não houve vontade.

Ao mesmo tempo, ele dizia que queria casar comigo, e comprava incontáveis presentes absurdamente caros. Chegou a um ponto de comprar cerca de duas bolsas ou dois sapatos de grife por dia. A primeira vez que ele me deu um presente, eu dei uns tapinhas nele, do tipo "Não acredito!". Creio que ele tenha percebido isso como uma forma de amor, e não parou a partir daí, ficando chateado toda vez que não recebia os tapas de agradecimento, mas continuava comprando.

O curioso é que, às vezes, ele parecia extremamente amável, mas quando tinha crises, parecia virar outra pessoa.

Conheceu um namorado meu anterior a ele e morria de ciúmes do menino. Um dia, quando eu estava usando a internet na casa dele para ver meus e-mails, ele me arrancou da cadeira pelos cabelos e me jogou na cama, enquanto olhava minhas mensagens, uma por uma, até achar um e-mail antigo que eu havia trocado no término do namoro com o ex de quem ele sentia ciúmes. Foi então a vez de ele me chamar de vagabunda e de várias outras coisas (que minha memória bloqueou), e me encostar na parede, pressionando meu pescoço com força, me impedindo de respirar. Como me soltei da parede e das mãos dele, não lembro. Só sei que disse que ele era louco, e chamei um táxi para ir embora. As desculpas começaram da hora em que fui embora até a próxima vez que o atendi que, sei bem, nunca deveria ter acontecido.

Na semana seguinte, precisei trabalhar com um lenço no pescoço, pois o roxo não saía. Além disso, tive uma dor de garganta que durou dias.

Alguns abusos e pedidos de perdão depois, ele decidiu prender minhas duas mãos com as mãos dele e prensar minha cabeça contra a cabeça dele no vidro do passageiro, no carro. Em frente à casa da minha mãe, outra vez que não sei como consegui me soltar. Nessa época, ele já havia me contado que tinha dado um soco numa ex-namorada que "não ficava quieta" durante uma discussão. Meu medo, acho eu, conseguiu me fazer fugir do carro e entrar no prédio. Liguei para minha mãe na hora e fomos para uma delegacia fazer o B.O.

Minha maior dor da vida foi ver minha mãe no IML comigo, de madrugada, me aguardando para que eu fizesse exame de corpo delito. Até hoje lembro dela sentadinha, sozinha, na sala de espera, assim que saí da sala do exame. Aqueles olhos tristes, que nem marejados estavam mais, pois qualquer fé que ela tivesse em mim havia ido embora. Parecia que tudo havia dado errado. Quem eu era parecia terrível, e era algo que jamais gostaria de ter me tornado. Naquele momento, a culpa não era só do agressor, não. Era minha também. Sim, eu poderia ter ido embora muito antes daquilo, mas não consegui. Por carência, por falta de amor, por falta de alguém que visse, comigo, o que estava acontecendo. Não sei. Talvez por falta de você. Mas sempre que eu dizia para alguém que algo terrível estava ocorrendo, me diziam para "conversar", "acertar as coisas com meu namorado". Acho que, por ser conveniente para mim, acreditei que o que eu estava vivendo era, de certa forma, normal. Afinal, seria melhor assim. São muito curiosos esses mecanismos de defesa que temos, que às vezes parecem se misturar a mecanismos de autossabotagem e, de fato, não sabemos quem está ganhando. Não sabemos qual a força motriz que faz esse raciocínio tomar conta de quem somos para não nos envergonhar de nossas escolhas.

18

PACIENTE:
LUCIANO DIAS

Luciano Dias tinha 29 anos, mas parecia ter, no mínimo, 40. Era guitarrista de uma banda que foi muito famosa nos anos 1980, e agora estava tentando retomar sua carreira. Bastante virtuoso, era refém de notas em excesso. Feeling era uma coisa que ele não sabia muito bem o que queria dizer e acreditava piamente que a obra de Bob Dylan era uma droga, já que "aquele cara canta muito mal".

A maior felicidade de Luciano era "buceta", BU – CE – TA, o que dizia de maneira esquisita, pois tinha a língua presa. Luciano não gostava de mulher ou algo parecido com isso, pois o que estava em torno não importava, era apenas o órgão.

Ficou claro que ele também não sabia que "buceta", na verdade, soletrava-se boceta, mas né? Que diferença fazia? Também desacreditava em mitos, como ponto g ou clitóris.

Após cada show, Luciano empinava o peito de pombo ofegante e ia para a batalha. Chegava nas meninas dizendo: "E aí? Curtiu o show?", pois claro, absolutamente ninguém deveria ter dúvidas de que não era ele ali em cima.

As "bucetas", então, em sua grande maioria, bêbadas, iam com ele para o banheiro mais próximo e trepavam. Com ou sem camisinha, e elas nunca gozavam. Brochar também era algo frequente para Luciano. Mas ele sempre fazia questão de pedir para que a menina não contasse sobre a brochada para ninguém. Como a maioria das mulheres é honesta, elas faziam como o acordado, esperando a ligação dele, no dia seguinte, para tentarem mais uma vez. Afinal, podia ter sido culpa delas. Estavam muito bêbadas.

O ponto alto das trepadas de Luciano foi a vez em que estava chupando uma menina enquanto o baixista comia outra na frente dele, em um quarto de hotel qualquer. Era uma piada interna, o bigodinho de sangue que havia ficado nele depois da chupada, o que o rendeu o apelido de Bloody Hitler. Ele não admitia, mas tinha um pouco de orgulho daquilo. Do apelido e do bigode.

Luciano também tinha clamídia, mas não sabia. Havia sido contaminado há, pelo menos, dois anos e havia passado para todas as meninas com quem transou sem camisinha. Inclusive para sua namorada, Marilyn, uma professora de pole dance que lutava muito contra seu sobrepeso. Ela ainda o sustentava quando a maré de shows ficava baixa e o ajudava durante as frequentes horas de terror noturno. Marilyn estava com ele há muito tempo, e não queria pensar muito em nada que tivesse a ver com traições.

Uma vez, inclusive, quando ela viajou, ele usou um lubrificante de morango em outra menina qualquer, na casa deles. Quando Marilyn voltou de viagem, encontrou o lubrificante pela metade, então perguntou para Luciano o que aquilo significava. Ele disse que gostava de usar nele mesmo, quando fazia algo sozinho, já que gostava do cheiro.

Marilyn acreditou.

Outra vez, ela achou uma presilha de cabelo na mala de Luciano. Em um protesto esquisito, ela nem perguntou nada, e começou a usar a presilha para onde quer que fosse.

Marilyn podia até desconfiar das mulheres, e talvez não se importasse, mas de uma coisa ela não desconfiava.

Há pouco tempo, Luciano havia tido relações com uma transexual, e tinha gostado muito, mas não podia dizer para a namorada, nem para os colegas de banda.

Mas sim, era disso, e só disso, que ele sentia falta. Afinal, Luciano gostava de experimentar coisas diferentes.

08 HORAS

Os músculos das pernas se contraem. Por causa disso, os dedos, joelhos e cotovelos podem se contrair levemente.

19

Sobre James, fiquei pensando naquela chance que todos dizem que vão te dar. Todos prometem uma chance. Todo mundo e toda oportunidade pode ser a chance de uma vida melhor. Algo desconhecido e excitante. Mas nada fica novo. E, quando fica, não necessariamente traz consigo uma vantagem, muito pelo contrário. Mas é isso… Todos dizem que vão te ajudar, pois gostam de ser heróis em potencial. Ser um herói enquanto o pão não precisa ser colocado na mesa. "Te salvo se isso não prejudicar meu sono", sabe? Te amo até não te amar mais. Protejo seu cheiro até que os corvos cheguem. Estão vendo essas bochechas magras? Estão assim por todos os beijos falsos que as engoliram. Meu braço é mais fino em cima. Onde você encosta. Minhas costas são mais fundas no ombro. Eu definho. Ou tenho uma combustão espontânea. Todo. Dia. Santo. Dia. Não. Santo. Eu deveria ter ficado em casa no dia em que ele me chamou para sair, mas deixei de ser ridícula, e fui logo para o nível patética. Não é sobre amor. Não é sobre qualquer sentimento. É sobre qualquer comercial que eu nunca quis ver, mas vi. A TV estava longe demais. A pilha do controle remoto ainda estava lá, mas estourada. Sujava meus dedos cada vez que tentasse tirá-la. Aquele marrom malcheiroso. Consumia tudo que eu tocava. O controle remoto não funcionava mais. Eu não queria levantar. Preguiça. Não queria comprar outra TV. Preguiça. Além disso, a TV ainda estava boa. O único problema era o controle. Preguiça. Estar com você foi um contínuo assistir a comerciais que eu não queria ver. Preguiça. Enfia todo esse McDonald's no meu rabo e faça aparecer toda a podridão na minha colonoscopia! Meu sexo é feito de milkshake sabor baunilha que sobe por aquele canudo grosso, mas nunca chega até sua língua, pois você não tem força para puxar o suficiente. Você caberia aqui? Provavelmente não. Suas asas não entrariam. Os travesseiros poderiam ser pretos como eram em sua casa. Como você fazia para esconder as sujeiras? Como fazia para que as meninas não vissem o resto das maquiagens de outras que haviam dormido lá em noites anteriores? Esperto. Muito esperto. O espelhinho do passageiro abaixado. Cinco horas de atraso. Por que este espelho está abaixado? Ele ficou bravo e não respondeu. Claro que não respondeu. Eu sou louca. E só sou louca quando é conveniente. Lembro quando fiquei com aquele cara que estava na cadeira de rodas. Ele foi o único que me atraiu naquela noite. O único. Mas depois não o quis mais. Me senti culpada por não querer. Então alguém me perguntou se eu me encontraria com ele de novo se ele não estivesse na cadeira de rodas. Não. Não ia querer de qualquer forma. Fui absolvida. Moral lavada. Ficou tudo bem. Redenção. O problema não era a cadeira. Acontece que minhas pernas já tinham me levado para longe dali. Há tempos não choro lágrimas minhas. Choro apenas lágrimas emprestadas. De filmes que vi há tempos. De histórias alheias que ouvi há tempos. De comerciais.

Tantas lembranças que odeio. Nisso, fico sem entender se minha saudade é realmente saudade ou apenas uma vontade desesperada de sentir falta de alguma coisa. Acho que nunca fui capaz de sentir uma saudade real. E todos continuam com seus pequenos vícios. Lá vai a gorda que não consegue parar de comer nem ao menos enquanto dirige. Lá vai o fumante que sai da academia mais cedo para fumar. Lá vai o bêbado social. Tem gente que não anda, desliza. Tem gente que não desliza, se arrasta.

Eu me lembro de você. Todo dia lembro de você. Nossa relação nunca foi fácil, eu sei. Te amei tanto quanto te odiei, e por causa disso quem éramos quando estávamos juntos deixou de existir. O uísque. A luz vermelha que vinha do quarto e irradiava pela sacada daquele apartamento bonito que você comprou. Eu tinha vergonha da falta de cortinas pela manhã. Achava que acordava feia com aquela luz branca do dia expondo tudo o que eu não queria ser. Você me achava linda. Estávamos ali para sermos sugados. O tempo todo. Um ao outro. Os dois ao mundo. Que se faça a realidade de ser inconveniente. Que inconveniência linda nós tínhamos! Expostos nossos emaranhados. Lindos. Resisto ao delírio. Acho que resisto ao delírio. Meu coração arde. Os médicos dizem que está tudo bem, mas é isso que eu sinto. Meu coração arde. É tão bonito ver as pessoas tentarem se manter vivas. Lembro quando fomos a um restaurante e lá estava uma mulher com um homem que provavelmente havia tido um derrame recentemente. "Você vai morrer, mas você vai morrer bebendo e feliz", foi o que ela disse. Ele deve ter morrido exatamente assim. Ela, também, continuava dizendo o quanto o achava lindo. Lembrava-se do que ela havia sentido ao vê-lo pela primeira vez. E falava alto. Geralmente odeio pessoas que falam alto, mas aquilo era necessário. O mundo realmente precisava ouvir a doçura que existia ali. Tão bonito! Minha pele precisa se renovar. Meus braços poderiam ficar presos aqui enquanto eu escoasse pelo quarto sem que absolutamente ninguém me visse. Em mim há bravura, mas ela está presa no que não foi dito. Esta é minha sina. Agora, se eu digo, ninguém ouve. Dão-me remédios e me mandam ficar quieta. Tarde demais. E a tarde demais chega normalmente mais cedo do que imaginamos. Quem imaginaria?! Nunca. Jamais se imagina. Você pode fazer o *check-out* a hora que quiser, mas nunca pode ir embora. Eagles. Hotel California. Uma música clichê. A preferida de um homem simples. Simples e triste. Que só se foi, pois não suportava mais ficar. Pobre. Pobre homem. Discuti com o outro. Aquele outro. Ele havia parado de beber e transar com qualquer uma para poder dar uma vida decente à esposa. Agora sentia falta de beber e de transar com qualquer uma. A felicidade estava no que o destruía. Há uma alteração do que é irrisório. Não existe construção em volta do pai. Psicose. Eu ouvi. Me disseram. Foi o que disseram de mim. Eu ouvi.

Sei que você teria me matado se precisasse, sem pensar duas vezes. Nem que fosse só por prazer. Se tivesse se sentido atraído por mim enquanto eu era criança, nós dois sabemos o que aconteceria, não é? Sua moral sempre foi seletiva.

Sua colcha de retalhos já cobriu cada parte do meu corpo que não conseguia parar de tremer. Porém, meu corpo existe embaixo dela. Não esqueça que a dor é sentida com a representação que fazemos do que somos.

— E você? Quem é?

— Aquilo que odeio. O que amo, sempre quis ser, mas nunca realmente fui.

— O que você mais odiou na vida, pai?

— O mundo é infestado de gente filha da puta.

O mais curioso é que você jamais se considerou uma delas...

20

Sempre simpatizei com a maneira como os homens levam a vida. Admirava bastante a praticidade com que vocês tratam a vida, os problemas. Tão mais simples que nós!

Há pouco tempo, no entanto, cheguei à conclusão de que tal praticidade pode ser, na verdade, sinal de desleixo.

Hoje, depois de passar por exato um ano no limbo, quero paz.

Falo de paz, mas não pretendo estender uma bandeira branca na frente de cada homem que tive, apenas para que possam melhor ofender o que não tivemos. Também não serei humilde, apenas para que possa me ser exigido algo que nunca quis sacrificar por ninguém. A minha vida sempre será minha e minhas vontades também.

Hoje, o que me intriga é imaginar os olhares viciados em importâncias tão artificiais que não são capazes de perceber quando algo realmente grande os cerca. Parece-me curioso que quando conseguem algo de valor facilmente se autossabotam. Colocam tudo a perder por uma curiosidade imbecil e se abraçam com força na quase verdade de que as mulheres que os amam foram as causadoras de um comportamento X.

Hoje eles têm, cada vez mais, se tornado homens ocos.

Não você, meu pai. Eles. Sempre eles.

Ecos vazios de elogios que nem eles entendem.

Lacunas e mais lacunas.

Bagaços.

Não estou dizendo que todas as mulheres são santas, muito pelo contrário, mas, pelo que tenho visto recentemente, a maioria não teria medo de bancar um amor de verdade. Odiar é fácil, amar é que demanda coragem.

Odeio autoajuda, mas sou obrigada a dizer que este ano no limbo finalmente me trouxe amor-próprio. Trouxe de volta uma confiança que eu, um dia, achei ter perdido.

Se hoje fizesse parte de qualquer outro dia, eu normalmente sairia para comemorar meu ano novo pessoal. Provavelmente iria a mais um encontro com um cara que não teria nem ideia sobre minha pequena conquista interna. E eu também não contaria. Cantaria meus parabéns em silêncio, em meio a conversas que não me fariam nem cócegas.

Mas hoje faz parte de hoje e decidi começar a me prometer que não sairei de minha cama por homens que sejam substituíveis por um bom livro.

Tudo começa pelo começo.

Eu sei de quem preciso.

Sei quem amo.

24 horas.

Só por hoje.

21

PACIENTE:
JOÃO DA SILVA

João da Silva tinha 77 anos e havia passado grande parte da vida sendo faxineiro. Primeiro de uma creche, depois de uma escola, hoje era faxineiro de uma academia. Viciado em cigarros, fazia várias pausas por dia para fumar depois de tomar seu cafezinho.

Ele era muito magro e tinha o rosto bastante enrugado. Os olhos de cor amarelada acusavam alguma doença não detectada no fígado, além do leve tremor que sempre o acompanhava. Mas João não queria checar nada disso, já que odiava hospitais.

Aposentado e viúvo, trabalhava para não enlouquecer e para sustentar seus dois netos, filhos de sua filha. Os marmanjos, gêmeos, já tinham mais de trinta anos, mas não haviam se dado muito bem na vida. João acreditava que a culpa disso era o mimo que a filha havia oferecido aos meninos. Professora universitária, e maior orgulho de João, Roberta, a filha dele, mãe solteira, gostava de fazer para os meninos tudo o que ela podia. E quando faltava dinheiro da mãe, era para o avô que os meninos pediam.

Com o dinheiro da mãe e do avô, eles já haviam ido para todos os lugares do mundo que se possa imaginar, além gastar com mulheres e carros.

As lembrancinhas das viagens (única coisa que os meninos levavam para o avô), eram o xodó de João. Ele fazia questão de limpar cada uma delas, toda semana. E arrumá-las em sua prateleira. Sonhava sobre como estes lugares deviam ser.

Ele tinha muita vontade de viajar, mas achava também que "não tinha mais idade para avião". Principalmente pelo que os netos dele contavam:

— Sobe muito alto, vô!
— Chacoalha muito!
— Dá muito medo.
— Uma vez eu achei que fosse morrer! Cair lá de cima.

Então o avô preferia ficar em casa.

Um dia, quando estava voltando do trabalho, com seu cheque, no quinto dia útil do mês, dois moleques, de uns 18 anos cada um, acharam que seria uma boa ideia assaltar um velho, já que seria fácil. João estava no caminho.

Os dois cercaram o homem. Um deles sacou uma arma, enquanto o outro ficou a um centímetro do rosto do velho:

— Passa aí tudo que você tiver, vovô! — disse o que estava com a arma.

João se assustou e, com a tremedeira que já era frequente, deixou cair sua bolsinha com o cheque.

Os moleques, com toda a facilidade que a vitalidade comporta, pegaram a bolsinha do chão.

— O senhor deixou cair, é? Tá retardado?

João havia se agachado para pegar a bolsinha, mas tinha dificuldade para se levantar. Com o nervosismo, não estava conseguindo.

— Não consegue levantar, velhinho? Não? Então fica no chão!

O primeiro moleque enfiou o pé na cabeça de João, que deu de encontrão com o asfalto. Logo depois que ele conseguiu se virar, recebeu um soco no rosto, e teve a mandíbula, já frágil, quebrada.

O outro começou a chutar a barriga do velho, que não conseguia mais respirar.

Os socos seguiam, os pontapés também. Tudo até os dois moleques se entediarem e saírem correndo.

João teve duas costelas fraturadas, um sangramento interno, e a alma estraçalhada.

Os meninos conseguiram fugir e nunca foram pegos.

Uma moça o encontrou na rua e chamou uma ambulância.

12 HORAS

A água evapora. Os olhos ficam fundos, os lábios escuros, e pelos e unhas parecem crescer, mas é a pele que se retraiu.

Ficamos como uma roupa molhada que secou por dias no varal.

22

Tenho com seu rosto a imagem de uma palmatória. Imagens de trechos de você. E uma palmatória. Lado a lado. Acho que você nunca usou muito de força física para conseguir de mim o que queria (pelo menos acho que não), mas creio que essa imagem chegue até mim porque era assim que me sentia em sua presença: algo que julgava e tentava aniquilar o que eu queria ser.

Creio que a valorização do insuportável te trazia força. Acho que era daí que ela vinha. E vinha, pois você se encontrava no que era insuportável para os outros. Sei que você chegou a contestar algumas de suas ações. Acontece que apenas contestou até se reconhecer ignorante em algumas delas. Foi aí que houve o fim de tudo que poderia ter sido maravilhoso em você. Sua defesa foi levantar o nariz. Inspirar prepotência, ouvir mais ignorantes do que você, e acreditar que tudo que estivesse longe de seu conhecimento fosse uma ameaça ao que gostaria de ter sido e, o tempo todo, esquecer que jamais conseguiria. O seu chegar em casa, todo dia, era aterrorizante. O barulho de seu caminhar no corredor. As chaves que você carregava na mão... O maldito barulho daquele molho de chaves!

Assim que você sentava, o mínimo barulho te incomodava, e eu percebia o brilho em minha mãe se apagar. Ela, que naquela época já estava mergulhada em anfetaminas para conseguir manter a própria e almejada magreza, se perdia na ansiedade em te agradar. Quando você chegava em casa, minha mãe era só tempo. Vai ver era por isso que, nessa época (e sim, apenas nessa época), ela colecionava relógios. Eu também teria colecionado, se fosse ela.

A televisão estava alta demais. A comida não era o que você queria. O banheiro não estava limpo. Você não tinha uma, mas duas Cinderelas particulares. Minha sorte é que percebi rápido, e saí logo do lugar onde você queria me colocar.

Eu almejava, nessa realidade, me caracterizar como um ser autêntico e capaz de solucionar mesmo as questões que ainda não cabiam em meu entendimento. Eu era, também, aquilo que não podia desejar. Não naquele momento. O seu ato de ir embora foi o fim de minha reclusão psíquica. O fim da sensação de caminhar com saltos agulha sobre uma peneira. Em minha felicidade depois de você, encontrei a chance de gostar de tudo aquilo que você dizia ser ridículo. Tudo aquilo que você não conseguia suportar.

O gosto de sangue na minha boca aparecia novamente. Deve ser normal.

A saliva é só sangue filtrado, mesmo...

23

Houve uma época em que você comprou aquele apartamento na praia, lembra? Como você amava aquele apartamento!

Era muito pequeno, longe da praia, mas você queria estar lá. Todo feriado, e todo final de ano. Tudo lotado. Às vezes nem água ou pão tinha.

Eu, que nunca gostei muito de praia, não entendia sua adoração por aquele lugar, sem falar que você sempre exigia que eu fosse para a praia. Que eu acordasse cedo e fosse para a praia, passar o dia lá.

E quando eu estivesse lá, tinha de estar disposta a andar com você pela beira da praia.

— Vamos, filha! Vão pensar que sou seu namorado. Vão ver que me dei bem!

Eu tinha que tirar a canga e desfilar com você, pois com algo que cobrisse minha bunda, você não aceitava.

Então, quando íamos, você me abraçava e me fazia desfilar.

Sem falar naquela vez que você puxou meu biquíni para que ele ficasse fio dental.

— Você precisa mostrar isso pra todo mundo! Vão com certeza achar que eu sou seu namorado.

Eu devia ter uns treze anos.

24 HORAS

*Se o corpo estiver no calor,
ao ar livre, pode ficar seco.*

Já viu um animal no deserto?

24

Lembro de uma vez que estávamos na casa de praia. Eu devia ter uns treze anos. Viajamos para espairecer logo após uma das incontáveis cirurgias de minha mãe. Dessa vez, havia sido uma histerectomia. Inclusive, segundo você, em outro almoço de domingo antes de minha mãe sair do hospital, você disse que não sabia mais se ela podia "ser considerada mulher, agora...". Entendi que você acreditava que ela era apenas um resquício. Lembro também de seu sorriso depois de dizer isso. Aqueles de canto de boca. Meio sexy até. Estava lá expondo sua opinião masculina com todo vigor e orgulho. É curioso do que as pessoas são capazes de se orgulhar, não é mesmo? Isso diz muito sobre alguém... Isso diz tudo sobre alguém, na verdade.

Mas enfim... Está vendo, meu pai? Começo a contar uma coisa, e me perco em suas maldades.

Lembro quando eu estava no sofá daquela casa e você estava brincando de me prender. Não lembro muito bem como a brincadeira começou, só sei que quando me dei conta, você estava em cima de mim, prendendo meus braços e sorrindo. Aquele mesmo sorriso que caçoava da cirurgia de minha mãe. Não havia ninguém na sala além de nós dois. Minha mãe tinha ido andar na praia para ajudar na recuperação. De repente, percebi que meus braços não se mexiam muito, nem se eu tentasse me soltar. Seu sorriso em cima de mim. Você em cima de mim. Você muito próximo de mim. Ainda sorrindo. A brincadeira deixou de ser engraçada. Ainda sorrindo. Uma de suas pernas roçou entre as minhas. Eu não conseguia me soltar. Ainda sorrindo. Sei que você viu meu desespero. Minha mãe ainda não podia ter relações. Eu não sorria mais. Me lembro de me debater até você me soltar. Minha mãe talvez não fosse mais uma mulher. Você gostou daquilo. Me soltou em seguida. Não sei o que o motivou, mas finalmente me soltou. Ainda sorrindo.

Na hora. Eu não entendi muito bem o que tinha acontecido, e fui correndo para o banheiro. Para chorar, para pensar, para ter certeza do que eu passei. Não sei... Acho que para um pouco de tudo isso.

Qual não foi minha surpresa quando, trancada ali, sozinha, sem ninguém para me dizer nada, passei a mão nos meus grandes lábios e senti que eles estavam molhados.

Fiquei por mais cinco minutos no banheiro e, quando saí, você me olhou, rápido, e foi como se eu tivesse trocando olhares com o menino mais bonito da minha sala.

25

Todo dia é seu velório.

Velo seu corpo em minha mente, mesmo que seus dedos pareçam iguais aos meus.

Velo o que você fez por mim...

... E tudo aquilo que você acha que fez.

Velo um vivo cheio de nada, cheio apenas do que não sabe.

Velo um vivo que completa a vida com lacunas do que não mais cabe.

Velo o sorriso de desdém e o sobrenome que não uso mais.

Velo o ensinamento categórico e o mal que ele ainda me faz.

Velo o que você foi em vida, mesmo que ainda não esteja morto.

Não para mim...

Velo a cerveja do aniversário e o limite de horas de cada encontro.

2 DIAS

As bactérias continuam a liberar gases, o que faz o corpo inchar. O cheiro começa a ficar verdadeiramente forte. Uma das causas disso é a decomposição das proteínas do corpo. Pode acontecer de um líquido avermelhado, resultado do rompimento dos alvéolos pulmonares, sair pela boca e narinas.

26

A escolha da minha profissão foi bastante consciente. Mas você sabe disso não é, pai? Gostaria de ter sido médica. Cirurgiã. E, não sabia a razão, mas vinha essa cena da praia sempre na minha cabeça quando eu pensava sobre meu futuro. Além disso, tinha minha paixão pela biologia. Me fascinavam as nomenclaturas e drogas disponíveis para as mais diversas razões, mas sabia que muito tempo seria gasto na tentativa de vestibulares e eu não tinha tempo a perder.

Acabei passando direto em enfermagem. Que também era uma profissão bastante honrável e me deixaria perto dos detalhes farmacêuticos e hospitais do mesmo jeito. Mais tarde, quem sabe, eu poderia seguir na medicina, se fosse o caso. Se não, tudo bem. Creio que, de qualquer forma, eu já estaria onde precisava satisfazer meus desejos.

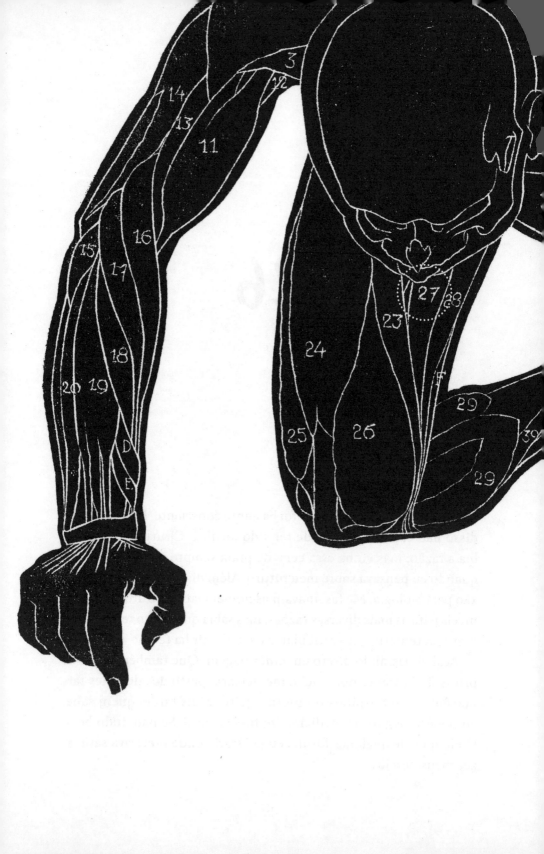

27

PACIENTE:
CHRISTIAN KLERER

Christian Klerer tinha 58 anos. Era psicanalista e professor de psicanálise.

Psicanálise – Forma de executar o tratamento médico de pacientes neuróticos.

Pacientes não neuróticos: Freud minimizava os inconvenientes do tratamento, dizendo que não demoraria muito, etc. Enquanto para pacientes neuróticos, ele achava que deveríamos, primeiramente, expor o lado ruim do tratamento, sem minimizar, mas, sim, intensificar os percalços do trajeto psicanalítico do paciente.

Tinha como grande felicidade de sua vida navegar em um mar de possibilidades do inconsciente do outro.

Nada acontece em um tratamento psicanalítico, além do intercâmbio de palavras entre o paciente e o analista. E por meio de palavras, uma pessoa pode tornar a outra jubilosamente feliz ou levá-la ao desespero.

Uma contradição na psicanálise define o que é mental, enquanto processos como o sentir, o pensar, e o querer, e é OBRIGADA a sustentar o que existe, o pensar inconsciente e o desejar não compreendido.

"A sociedade transforma o desagradável em falso".

Divorciado, pois não conseguiu (a tempo) parar de, constantemente, analisar sua ex-esposa. Hoje vivia sozinho e morava onde atendia.

Parapraxias:
Lapso de linguagem
Lapso de leitura
Lapso de audição
Esquecimento (temporário)
Extravios ou perda

*Desenvolvimento da escuta;
  Tolerância, paciência – Principalmente com nós mesmos.
  Contratransferência não se dá com todo paciente. Neste momento é o analista que tem o retorno de seu próprio trabalho. É quando o analista se encontra no conseguir superar esta contratransferência ou momento de parar de atender o paciente.

Tentava a todo custo manter uma boa relação com a ex-esposa já que não queria levar algo ruim por toda sua vida.

A verdade não importa. O que importa é aquilo que o paciente acredita ser a verdade.

Nós não podemos ter zelo pelo analisando, só fazer metáfora boa, só ver coisas de um jeito bom, pois você "gosta" dele.
Queria ressignificar sua relação.
Escutar.
Escutar muito mais do que falamos.
É como se o analisando nos convidasse para entrar em seu mundo. Ele passa o "recorte" do que quer discutir.
Escuta flutuante.
Se ater ao que se destaca, não palavra por palavra.
Só que ela não queria.
Que o sujeito possa bancar suas escolhas.
Só existe a psicanálise onde a palavra esteja garantida, seja livre e, principalmente, compreendida.
Se eu quero uma constituição do eu num sujeito que eu atenda, eu não posso ser assistencialista. Não é para isso que a análise serve.
Christian não era um homem infeliz.
Associação livre – A questão não é que o paciente fale com o analista, mas que fale com ele mesmo.
O que faz efeito é ser surpreendido pela linguagem do inconsciente.
O psicótico jamais pode ser visto como alguém por quem o analista alimente "pena". Ele é um cidadão, apenas possui outra constituição.
No psicótico, o delírio não vai ser elaborado NUNCA!
Christian não era um homem triste.

Como fazer nossa singularidade caber no mundo?
O sofrimento cabe numa sessão de análise.

É difícil suportar uma posição de objeto, e não o sujeito.
A pulsão é sempre ativa, mas ela não exclui a outra.
Podia-se até dizer que Christian era um homem feliz.

O sintoma é uma solução.
Vale a pena sempre mexer no sintoma?

Christian era apenas um homem excessivamente curado.

Você nunca pode colocar um psicótico no divã. Ele perde o olhar do outro

Lecionava de manhã, terminava de atender seus pacientes durante o dia, e preparava seu jantar cuidadosamente. Tomava, sempre, uma taça e meia de vinho e um copo d'água e esperava três horas – para evitar refluxo –, para ir dormir, enquanto assistia a um bom filme.

O sofrimento humano tem muito a ver com a importância que o outro tem em nossa vida, e pela maneira como nos enxergamos, a partir das relações, pelos olhos do outro.

Christian também gostava de ser analista, pois ele via, na análise, a dinâmica de receber do outro aquilo que o outro era capaz de passar, e achava isso lindo.

O que supomos sobre o outro — cada um de nós inventou uma história a partir dos nossos conhecimentos e possibilidades. A psicanálise trabalha na causa do sintoma.

Jamais, em hipótese alguma, de jeito nenhum, havia deixado que a angústia de qualquer um de seus pacientes o atingisse.

Freud sempre considerou os médicos como incapazes de compreendê-lo, então ele fez o contrário. A troca é necessária na psicanálise, e isso coloca o médico em uma posição de não saber.

Psicanálise é um saber autônomo.

"Sempre somos movidos pelo desconforto".

Claro que, com tal clareza, Christian sabia muito bem de todas suas frustrações. Veja bem, não é que elas não existissem. Era, apenas, que havia aprendido a conviver muito bem com tudo que o havia machucado.

A razão pela qual um acontecimento é traumático para uma pessoa e para outro não, é pela leitura do fato.

O consciente é atemporal. Não existe cronologia.

*Lembranças encobridoras podem ser exatamente a antítese do ocorrido.

Só somos capazes de perceber aquilo que conhecemos.

Além disso, já havia aceitado o que não tinha dado certo do jeito que esperava.

A memória não é uma faculdade do aparelho psíquico, mas aquilo que funda este aparelho.

Percepções vão criando marcas. Memórias são marcas sem um conteúdo fechado.

Disse Freud: "O inconsciente é o psíquico verdadeiramente real."

Christian também, às vezes, conversava com seu supervisor, sobre os casos de seus pacientes.

Desfazer mitos que o paciente cria sobre si mesmo.

O analista só vai conseguir receber o que o analisando está dizendo se ele tiver, já conscientemente, a outra metade da verdade.

Sobre uns mais do que sobre os outros, ainda que o analista e o supervisor jamais vissem algo que um paciente trazia como supérfluo.

Para não matar o outro, eu volto a energia psíquica para mim mesmo.

É claro que ambos sempre concordavam, considerando a teoria de Freud, sobre o que estava ocorrendo com cada uma das pessoas deitava-se no divã de Christian.

Todo mundo quer renunciar ao sofrimento, mas não quer abrir mão do sintoma.

O analisando precisa se responsabilizar pelo próprio sintoma, senão tudo é de outro.

E não é que concordassem, pois os dois já haviam discutido a psicanálise exaustivamente.

Às vezes, a serenidade não é paz, às vezes, é pulsão de morte.

Pulsão de morte — gozar o próprio desaparecimento.

O primeiro amor de ambos os sexos é a mãe. Depois, pode ser o pai.

Apenas concordavam, pois estavam certos.

Paranoico — não sai do narcisismo.

O psicótico possui o inconsciente a céu aberto. Não é uma defesa da realidade.

Acontece que, ainda sem angústias, o fim vem.

Afeto solto = angústia
Fobia – Grudar energia ao objeto fóbico
Obsessivo – Afeto + objeto significante
Histérico – Liga o afeto a alguma parte do corpo
Neurose obsessiva – Liga o afeto a uma ideia

E Christian caiu duro no chão de sua sala e foi encontrado por sua ex-mulher que, naquele dia, havia decidido ir conversar com ele.

Nenhuma fantasia inconsciente é uma história. Transformá-la em história já é consciente. Uma metáfora.

Quando um casal está em crise, podemos não ver os dois na mesma sessão; podemos intercalar e fazer um resolver os problemas do outro em sessão. A confusão pode reaproximar o casal.

Foi no desespero da mulher dele que pudemos ver a sorte. Que bom que ela o encontrou a tempo!

Talvez sempre que ele a chamasse, ela o atendia.

A queixa nunca é falsa, só é distorcida.

190
Não é a imagem que importa, é o sentido que a imagem tem.
A ambulância chegou a tempo. A ex-mulher foi segurando na mão de Christian durante todo o trajeto.

Análise da resistência – Se o paciente não conhece a resistência, também não a apontamos.
Não conseguindo enganar o Ego, podemos retraumatizar o paciente.

Christian desacordado na maca recebendo ajuda dos paramédicos, inconsciente.
Onde não há linguagem, há inconsciente recalcado.
Inconsciente, inconsciente.

3 DIAS

O corpo volta a ficar flácido, já que os tecidos musculares começam a se decompor. A ordem é a mesma do rigor mortis*: primeiro a cabeça, depois braços e tronco. Por fim, as pernas.*

28

Pai, existe um prato no Japão, um amigo me contou. Você coloca vários peixinhos vivos em uma panela cheia d´água, acrescenta um pedaço de tofu e liga o fogo. Eles nadam calmamente, mas quanto mais a água esquenta, mais os peixes se desesperam.

Então eles percebem o tofu e, como sentem que ele ainda está gelado, entram nele para se proteger do calor. Acontece que eles morrem lá dentro, além de queimados, presos. O que eles achavam que ia os salvar, os mata.

Aí os japoneses vão lá e cobram uma fortuna pelo prato que a inocência dos peixinhos ajudou a preparar.

Peixes estúpidos!

Perguntei para meu amigo, onde poderíamos ir para provar o prato. Foi uma pena quando ele disse que não sabia.

Procurei na internet, procurei em todos os lugares possíveis e não achei, acredita?

Imagina a delícia que deve ser! Eu nem gosto muito de tofu, mas, nossa, deve ser delicioso! E mesmo que não seja, eu queria comer só pela ironia.

Quando meu amigo me contou, lembrei na hora da enfermagem. Ai, pai. Que engraçado...

Se você estivesse vivo eu tentaria fazer em casa para provarmos.

29

PACIENTE:
LUCAS PIMENTA

Lucas Pimenta tinha oito anos quando quebrou a perna em um jogo de futebol.

O melhor atacante do time do prédio da COHAB II, levou um carrinho do colega do prédio vizinho e POW. Já caiu no chão com a perna quebrada.

Naquela semana, ele havia entrado de férias.

Naquele fim de semana, a mãe o deixou brincar na rua depois de um castigo.

Naquele dia, ele tinha tomado café com leite e comido pão com manteiga.

Naquele segundo, ele pensava no pai.

Ele sempre pensava no pai.

O pai, no caso, faleceu quando ele tinha três anos. Lucas não se lembrava direito do rosto dele, mas sempre ouvia os comentários da mãe sobre o homem maravilhoso que ele tinha sido.

O pai enfartou aos dezenove anos durante uma "pelada" entre os amigos. Qual a chance?

O sonho do pai? Ser jogador profissional de futebol. Plano deixado de lado, pois havia engravidado a namorada de dezesseis anos e começado a trabalhar muito cedo. No fim, passou sua juventude trabalhando como porteiro. Às vezes, fazia algum bico de faxineiro, jardineiro, ou montava móveis em casa de madame.

A gravidez da mãe de Lucas foi muito complicada, o que a fez praticamente ficar de cama durante os nove meses. Era só ela levantar que sangrava. Ainda assim, o pai dele estava sempre lá. Apoiando-a em todos os momentos, e tentando deixá-la tranquila durante a gravidez. A mãe de Lucas contava sempre uma história sobre o pai dele, antes de o menino dormir, pois, claro, ele pedia para ouvir a história repetidas vezes:

— Todo começo de ano, nós dois escrevíamos listas de coisas que gostaríamos de fazer. Coisas que a gente queria muito, sabe? Acontece que essa lista incluía apenas coisas impossíveis. E sabíamos disso, era essa a parte engraçada. Por isso era tão engraçado. Pela falta de dinheiro que nós tínhamos. A meta do seu pai, de quase todo ano, era jogar no Santos.

E a história sempre terminava do mesmo jeito.

— Ano que vem, a meta de seu pai será jogar na copa. Tenho certeza.

— A minha será reencontrá-lo para um café.

— Mas é isso, meu filho. Nunca amarei ninguém como amei seu pai. Isso é o que eu carrego. Também nunca amarei alguém como te amo. Saiba disso.

— Eu sei, mãe.

— Seu pai era dono de um sorriso lindo. Que nem o seu. Lembro-me dele sentado na beira da cama, segurando os dois pés juntos como um menininho que se sente culpado por alguma travessura cometida no jardim de infância. Tudo por causa de dinheiro. E chorava, chorava, chorava. Me prometia que ia ficar rico jogando futebol. Tudo bem que, para isso, ele teria de ter dado certo ainda adolescente, mas ele acreditava, meu filho. Ele ainda acreditava. As lágrimas todas corriam pelo rosto dele. Naqueles momentos eu me odiava. Eu me odiava muito.

— Não pode odiar ninguém, mãe! A professora falou.

— Ah, eu sei, meu filho. Eu sei... Estou jogando tudo em cima de você de novo, não é? Me desculpa. Desculpa a mãe, Luquinha.

Quando os coleguinhas viram Lucas todo torto no chão, gritando de dor, chamaram correndo a mãe do menino, que o levou para o hospital.

Ortopedia sempre é mais rápido na emergência. Lucas esperou só quatro horas para ser atendido.

MAIS DE 7 DIAS

Se estiver em um ambiente com muita umidade e temperatura alta, a gordura em decomposição reage com sais do solo e o corpo fica escorregadio e macio. A sensação ao tocá-lo é a mesma de mexer em sabão. A partir de então, o corpo começa a desaparecer até sobrarem só os ossos.

30

É estranho lembrar o momento exato em que alguém deixa de ser suficiente para você. Eu só queria que o ser humano não fosse tão vulnerável. Peitos. Bundas. Maneiras de mexer no cabelo. Conversas. Ninguém está seguro. Uma outra pessoa, a qualquer momento, pode acabar com sua paz. Agora, minha paz virou angústia. Traio, continuamente, a mim mesma. Tão doloroso e difícil quanto realizar o ato. Mas eu te amo, então há sacrifícios a fazer. E vontades minhas a deixar de lado, pura e simplesmente para não te ver sofrer. Não se engane. Não é por outro homem estar vivo que ele existe mais do que você. Em relacionamentos longos, os dois têm pelo menos uma pessoa no currículo que desejaram muito enquanto já estavam juntos, com quem, se as coisas fossem diferentes, o outro ficaria. E talvez até largasse você para isso. Talvez tenha acontecido, talvez não. Mas se você é feliz com alguém, agradeça às circunstâncias. Se você não acredita em sorte, talvez devesse começar. O amor nunca me fez bem. Sempre se apresentou a mim em fragmentos. Alimentado por desilusões de ilusões que só foram construídas dentro de minha cabeça. Estou cansada de batizar meu próprio corpo em nadas irreversíveis. Preciso amar logo, pois o tempo é curto... Eu deveria amar logo... Eu deveria amar. Porém, ninguém nunca me amou tanto quanto suas mentiras.

Você notava sua fobia? A que sempre aconteceu, meu pai? Essa não deve ser a única, mas para podermos conversar, acho que vai precisar tratar isso. Não é difícil. Já recebi pacientes com fobia dos mais diversos insetos. Adoro tratar essas pessoas com morfina, pois há algo de curioso. Eles sempre aparecem para o paciente. O maior medo sempre aparece. Sempre.

31

Incontáveis bactérias.

Na verdade, em um corpo morto, há muito mais vida do que se pode pensar. Muito mais vida do que jamais houve. A morte traz à tona um complexo ecossistema, que vive apenas após o fim, e só se completa assim que a decomposição começa.

O tempo é tudo para a morte. E para algo que dura muito, até que a decomposição é bem rápida. O processo de autodigestão toma conta de quem fomos e faz o que precisa ser feito. Com toda praticidade que a morte traz.

Momentos depois de o coração parar de bater, as células param de receber oxigênio. Isso faz a acidez do nosso corpo aumentar. É então que as enzimas digerem as membranas celulares. Por conta disso, as células vazam e se rompem.

Os primeiros lugares afetados são o fígado e o cérebro. Logo depois, todos os outros órgãos.

Sabe a cor branca dos corpos brancos? São os glóbulos brancos que vazam e se instalam em todas as veias. Aquilo que deveria te defender, desiste e morre também.

A temperatura do corpo torna-se a mesma que a temperatura ambiente.

É como se você se tornasse ambiente.

Então o rigor mortis vem. Célula sem energia é igual à rigidez muscular.

Então as bactérias, que sempre estiveram no intestino, decidem tomar conta de você.

O pequeno mundo que vivia dentro de você, contido, agora vive mais livremente.

Toma conta do seu coração.

Toma conta do seu cérebro.

Toma conta de você inteiro.

Você entende, meu pai?

É tanta coisa incrível acontecendo. Como não ficar deslumbrada com isso? Como não ficar fascinada em poder fazer uma pessoa chegar neste lugar? É lindo, não é? Como alguém pode não conseguir ver isso? Eu não entendo, juro que não entendo. Quem sabe um dia eu consiga ver todo esse processo. Do começo ao fim, por completo.

No minuto zero, quando ainda nem sabemos se a pessoa já está morta ou não, o que está dentro dela tem certeza. Mesmo sem aviso. Mesmo sem sangue.

32

Paciente é uma palavra bonita, não é? Apresenta uma vulnerabilidade. Não é apenas aquele que espera, mas aquele que espera com educação, é isso que me parece. Sempre imagino alguém sentado, com as mãos unidas, e um olhar perdido para algum canto de uma vasta sala. A sala de uma emergência, por exemplo; quase sempre abriga um número incontável de pessoas, mas todos parecem estar sozinhos ali, com um eco de silêncio como acompanhante. Como se estivessem num metrô que não se move. É engraçado. Muitas vezes, se não fossem as etiquetas, nunca saberíamos quem é o doente e quem o acompanha. No paciente, há a esperança de que o eterno que escorreu, assim que uma dor surgiu, se apresente novamente, e que não demore mais do que duas horas para voltar, pois é madrugada e amanhã trabalho cedo. Meu eterno tem prazo final para que não me deixe por completo.

Pacientes comem o que lhes dão, são injetados com o que lhes dão, são como filhotes de nossa espécie, e nos olham como alguém que busca uma familiaridade nas etiquetas que carregam nosso nome. Passivos. Cada um de meus pacientes foi especial à sua maneira e o que posso dizer é que tive afeto por muitos, mas todos de um jeito diferente. É como se apaixonar. Alguns são inesquecíveis à primeira vista. Você jamais precisa encontrá-los novamente para se lembrar dos detalhes. Com outros, você começa a se importar com a convivência, entende quem são e o potencial que possuem apenas com o tempo. Mas aí é que está! Eles sempre estão lá, com aqueles olhos perdidos, pacientemente, esperando por você.

O paciente internado tem expectativas. Espera a alta. Espera que o desejo dele seja publicamente validado. Enquanto isso, o mundo lá fora é repetitivo, estamos sempre em volta do mesmo centro: pai, mãe, irmão, tais relações...

Eles vivem para provar que estão bem novamente.

Eles poderiam ter ficado sentados. Deitados. O que fosse. Eles poderiam ter ficado sem opinar. Eles poderiam ter sido quem eu gostaria que fossem. Fizeram o contrário. Tornaram-me mesquinha por não querer pagar. Tenho vontade de chorar e nunca choro. Gosto de sangue em minha boca. O medo é tanto que grito sem voz, como quando estou numa montanha-russa e meus braços não conseguem abrir mesmo recebendo tais comandos. Tem alguém em casa? Sempre teve. Nunca terá.

Quando alguém tem medo de perder algo, e acha que vai perder, eu me apresso em fazê-lo perder. É uma bonita maneira de respeito pelo tempo.

Os pacientes são a coisa perdida que eu desejo reencontrar. Por isso, não posso permitir que minha visão seja passiva. A completude, a descarga absoluta, que precisa tentar não se frustrar.

Já a angústia não é nada além do afeto que não consegue enganar. Os pacientes são expostos a seu próprio real insuportável, mas, sinceramente, nem sei se percebem isso. Estão lá, deitados. Esperando.

Quanto às doenças, já ouvi dizer que a verdade precisa ser dita pela metade, e olhe lá! Mas não sei se acredito nisso. Talvez o consolo do moribundo seja exatamente saber que sua espera será frustrada. É como se ele iniciasse uma relação com seu fim. Soubesse que ele está lá e olhá-lo nos olhos como grandes amigos. A doença, às vezes, é o prazer. A pelezinha da unha que fica soltando do lado, que dói muito, mas é prazeroso arrancar. Tem gente que não troca esse prazer por nada.

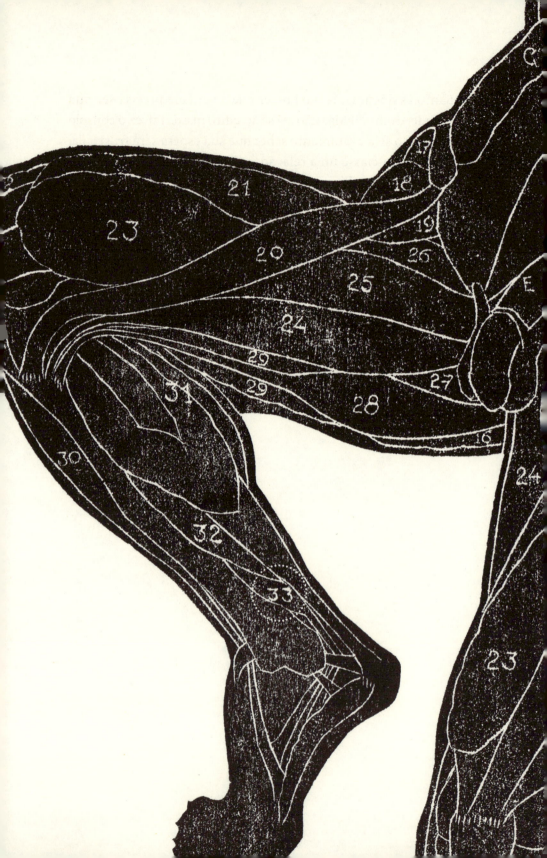

33

Jorge Madregano. 83 anos. Chegou no dia cinco de maio, por volta das seis da manhã, acompanhado de uma enfermeira para fazer o exame. A enfermeira, de sorriso franco, particular, vestida de branco. O exame, colonoscopia. Quando chegou, avistei um homem bastante alto, franzino, mas que parecia bem vaidoso, pois usava uma peruca acaju que cobria, muito mal e porcamente, os cabelos brancos que ainda insistiam em aparecer ao redor de sua cabeça. Claro, de seu nariz e seus ouvidos, também saíam pelos, e não eram poucos. Ele tinha um rosto que exibia uma necessidade de juventude e perfeição que havia dado muito errado. Conseguíamos enxergar inúmeras plásticas malsucedidas, ou que tinham dado certo em sua mocidade. Pois, sabe como é, até o que deu certo na juventude carrega um prazo de validade.

— Sr. Jorge, bom dia. O senhor fez a preparação para o exame? Tudo certinho?

— Oi, menininha. Fiz sim.
— O intestino está limpo?
— Sim, acho que sim.
— Como estão as fezes?
— Só tem saído água, mesmo. Um pouco amarelada.
— Ok. O senhor pode aguardar naquele quarto, vestir essa camisola com a abertura para trás e preencher essa fichinha que eu já volto para que darmos início ao procedimento, certo?
— Tá bom. Vai demorar muito?
— O senhor é o primeiro do dia e chegou cedo, então acho que vai ser bem rápido, está bem?
— Ok. Eu não quero perder muito tempo aqui, então espero que vocês sejam rápidas mesmo.
— Sim, senhor, será rápido.
— Mocinha, alguém ia me dar soro? Porque eu não quero.
— Sim, senhor. Nós precisamos dar soro, pois a preparação fez o senhor perder muita água. Desidrata. É mais seguro se tomar o sorinho. Tem menos chance de desmaiar também.
— Mas como eu vou saber que é só soro que vocês estão me dando?
— Desculpa?
— Como vou saber que vocês não estão me dando algo errado, tipo vaselina, no lugar do soro?
— Senhor, é um procedimento padrão. O soro é dado só porque as pessoas ficam realmente muito desidratadas após o preparo. O senhor pode ler na embalagem do medicamento se quiser. Ela ficará do seu lado, enquanto espera o procedimento. Nós mostramos o medicamento para o senhor antes, ok? Além disso, sempre verificamos tudo aqui, só precisamos te dar Luftal também, mas pode ser por via oral, se o senhor preferir.
— Ok. Mas vocês sabem achar a veia? A maioria das enfermeiras é bem incompetente, não sei o que acontece. Acho que não enxergam direito ou se formaram em um lugar que não

ensina as coisas direito. Hoje em dia qualquer pobre se forma. A pessoa não sabe nem ler e está lá tentando achar veia. Na minha época não era assim. Os profissionais tinham de ser bons, minha filha.

— Senhor, toda nossa equipe é bem competente. Além disso, faremos a punção da veia de qualquer maneira, pois é nela que colocamos o sedativo, então não vai ter jeito, ok?

— Ah... sim. Ok. Vou confiar em você, menina. Tem algum homem atendendo aqui como enfermeiro ou só tem mulher?

— Só mulheres no setor, senhor.

— Ah, ok.

Preparei a maca para Jorge e fiz a punção de sua veia. Ele chegou a fazer uma cara feia, mas ficou quieto, por incrível que pareça. Fui preparar a sala e o colonoscópio com a ajuda de minhas colegas, enquanto ele esperava ser chamado. Eu não podia acreditar em tudo que tinha ouvido, mas o que me deixou com mais raiva dele foi reparar na enfermeira particular, que esperava do lado de fora do quarto com os pezinhos juntos, e lendo um livro. De olhar sereno e humilde, ela parecia bastante infeliz. Sabe aquela infelicidade que já está tão íntima que nem a capa do profissionalismo esconde? Pois é. Percebi logo que Jorge a levou para acompanhá-lo no exame porque muito provavelmente não havia conseguido manter uma relação amigável com os filhos durante a vida. Ou talvez não os tivesse. Porém, na ficha de Jorge, havia o nome Marina como alguém da família a ser contatada, seguido por um número de telefone.

Jorge entrou na sala da colonoscopia e, antes falador e ameaçador, agora estava bem quieto.

Quando fizemos o exame dele, encontramos um pólipo séssil no cólon descendente com 3,2 cm de diâmetro. Para um pólipo, era até bem grande e, pelo aspecto, isso significava um possível câncer dali a alguns anos. Poucos, inclusive.

Os pólipos sésseis são sempre mais difíceis de retirar, pois ficam mais rentes às paredes do intestino, e requerem uma grande habilidade do médico. Ao mesmo tempo, é preciso controlar o tempo de ação do sedativo, pois se o paciente acorda e se mexe bruscamente durante o exame, é possível que ele mesmo cause uma perfuração. A parte mais curiosa de tudo isso é que durante a endoscopia preferimos que o paciente durma, mas durante a colonoscopia, ele só pode ficar grogue. Ou seja, o paciente normalmente não se lembra do que aconteceu durante o exame, mas ele precisa conversar conosco, se for preciso, para avisar de alguma possível dor, já que há possibilidade de perfuração. Dr. Julio Rodrigues, meu chefe no hospital, sempre foi muito bom no procedimento de colonoscopia. Era um dos melhores da cidade, então, ao ver o pólipo de Jorge, não teve dúvidas. Decidiu retirá-lo, mesmo que isso trouxesse algum risco. E, traria. Ainda mais para um homem idoso. Outra coisa interessante é que, normalmente, para sedar, é usado Fentanil e, se necessário, Propofol. Sim, aquele que matou Michael Jackson. A questão é que se o Fentanil não é suficiente para sedar a pessoa do jeito que queremos, precisamos injetar Propofol, e quando há parada cardíaca por conta da sedação, para o Fentanil há antídoto, para o Propofol, não.

Após vinte minutos de procedimento, Jorge acordou. Meio sonolento, mas acordou.

— Doutor, estou sentindo dor.

— Onde? Onde você está sentindo dor?

— No abdômen. Parece que vai explodir.

O médico puxou um pouco de ar de volta para cânula.

— Melhorou, mas estou acordado, doutor.

— O procedimento está acabando, senhor Jorge. Não posso sedar mais. Existe um limite por dia.

— Mas eu estou acordado, doutor. Estou vendo tudo! Estou vendo tudo!

Jorge começou a se desesperar na maca, enquanto todas as enfermeiras o seguravam bem forte para que ele se mexesse o mínimo possível, mas ele não parava.

— Doutor, preciso de mais remédios. Só um pouco. Me dê mais remédios! Preciso apagar! Estou sentindo dor!

— Débora, prepare mais 2,5 mg de Propofol, por favor.

— Sim, doutor!

"Sim, doutor", "Sim, doutor", Sim, doutor". Qual era a razão de tentar salvar um homem de quase 90 anos, desprezível, que estava prestes a ter um câncer? Pois é! Também não consegui achar nenhuma.

Fui lá e injetei 5 mg de Propofol no braço daquele velho filho da puta enquanto ele se contorcia. O Fentanil estava mais perto, mas por que eu o escolheria? Será que agora eu estava fazendo meu trabalho do jeito certo, maldito? Dr. Julio nunca viu quanto eu injetei. Estava trabalhando lá há algum tempo, e ele confiava bastante em mim.

O velho teve uma parada cardíaca na hora e morreu ali mesmo na maca. O médico tentou trazê-lo de volta durante 30 minutos. Nada.

Dr. Julio me pediu para ir com ele e informar a acompanhante sobre o ocorrido. Foi quando ela marcou a página do livro com uma pequena dobra e disse:

— Ok. Vou pegar uma roupa para ele. Liguem para a Marina. É a filha dele. Eles não se falavam, mas creio que ela venha até aqui para cuidar de tudo. Até onde sei, todas as despesas funerárias já estavam pagas por ele, então não há muito com o que se preocupar.

Levantou-se e foi embora.

Nunca mais a vi ou conheci a tal Marina, mas com a frieza de ambas, tive a certeza de que fiz a coisa certa.

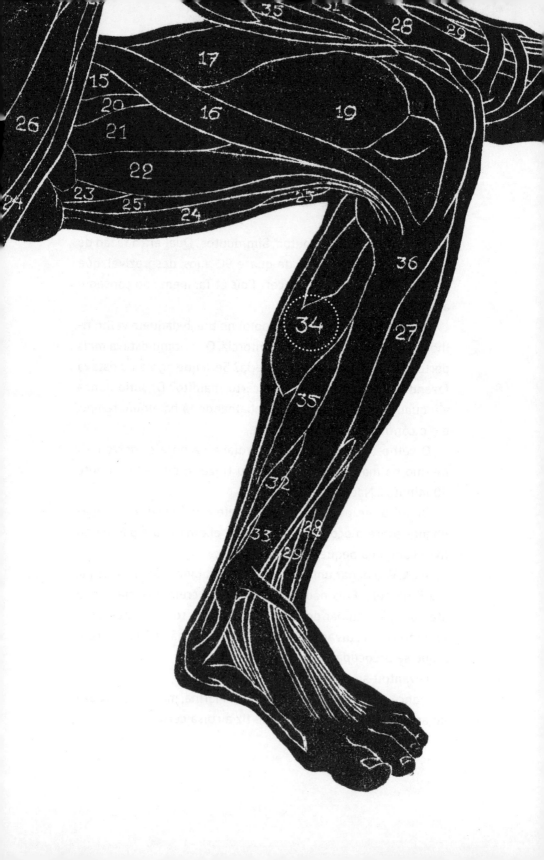

34

Então houve Marcelo Barros. Um empresário de 20 anos, garoto prodígio na faculdade. Ele já tinha uma startup bem-sucedida de entrega de comida. Difícil falar dele, pois nem tinha vivido o suficiente ainda, e foi exatamente sua paixão por comida, mais especificamente salgados de padaria, que o levou para o hospital, de onde nunca mais saiu.

Sempre achei isso meio ridículo. Essa coisa que as pessoas sentem em comer o que faz mal e achar que com elas não vai acontecer nada de ruim, ao mesmo tempo em que tomam os mesmos remédios que o amigo quando passam mal.

Sei de todos os detalhes sobre sua vida, pois acalmei o pai e fiquei conversando com ele sobre o menino, assim que o garoto entrou para fazer alguns exames emergenciais. Eu estava no plantão.

A história foi que, naquela manhã, ele acordou diferente, sabia que havia algo errado em seu corpo. Ainda assim, se arrumou e foi a uma reunião. Enquanto ouvia as pessoas falando, o mal-estar aumentava. Suava frio e algumas dores na barriga atacavam em pausas cada vez menores. Tentou ir ao banheiro diversas vezes, sem sucesso. Com as dores, veio também a sensação de febre. A barriga doía cada vez mais, o estômago começou a ficar revirado e a febre aumentava.

Ao chegar em casa, foi direto para a cama. Precisava se cobrir, pois apesar dos 30 graus de calor, tremia de frio. Parecia que o corpo se recusava a excretar o que causava aquelas dores que, àquela altura, já pareciam facadas na barriga.

Tomou chá e laxante, por conselho da mãe. Tentava buscar alívio nas mais variadas posições. Nada adiantava. A dor já não dava pausa e se alastrava. Não sabia mais se era o intestino, se eram os rins, pois a dor irradiava por todas as partes.

Ao medir a temperatura, o medo: 39,5 graus – febre alta –, indício de infecção.

Os suores aumentaram. Ao levantar-se, já não conseguia ficar ereto, as pontadas lancinantes o obrigavam a permanecer curvado, em um ângulo de 90 graus.

Tinha de ir ao pronto-socorro. Chamou o pai. O medo de não chegar ao dia seguinte e as dores das torturantes facadas na barriga escorriam em lágrimas e no desespero por ajuda.

Ao chegar ao hospital, eu o vi. O médico o mandou deitar em uma maca, enquanto eu aplicava Buscopan que, naquele momento, tinha o mesmo efeito que nada. Quando o médico tocou a barriga de Marcelo, muito inchada, ele urrou de dor.

Depois de alguns minutos, sentiu que seu corpo resolvera, finalmente, evacuar. Foi encaminhado ao banheiro e, ali, evacuou pelo chão e pelas paredes. O que saiu dele foi uma massa pastosa, preta e fétida.

Imaginamos que, depois disso, as dores aliviariam, afinal havia expelido tudo aquilo que, pensei, estaria causando tanto sofrimento ao garoto. Mas me enganei. As dores continuaram, a febre aumentou e as forças do menino foram se esvaindo. Enquanto eu o levava em uma cadeira de rodas de um médico para outro, ele desfaleceu. A essa altura, já não controlava as fezes, e elas escorriam de seu corpo, o garoto não tinha nem mesmo forças para se importar.

Lembro que, antes de desfalecer, o médico que o atendia naquele momento gritou para o enfermeiro:

— Leva ele daqui, rápido! Tira daqui! Tá descompensando!

De repente, vi um colega meu, com a mão trêmula injetando uma substância nele, enquanto alguém dizia que a pressão estava em 2. Estava em uma maca novamente. Apagou.

A primeira coisa que ouvimos foi a discussão entre dois médicos. Um, com sotaque peruano, achava que o menino deveria ser operado às pressas; o outro dizia que não, que aquilo era infecção e, se abrissem o menino, ele morreria.

O médico responsável pelo setor o tranquilizou, dizendo que ninguém iria operá-lo, mas acho que o menino não estava ouvindo nada.

Passado um tempo, chegou o diagnóstico: enterocolite crônica.

O rapaz passaria cinco dias da semana no hospital, com soro e antibiótico na veia. O meu, aquela semana, era o turno da noite.

Na terceira noite de internação de Marcelo, enquanto estava dormindo, o pai dele me chamou:

— Enfermeira Débora! Vem cá um segundo.

— Sim.

— Queria te agradecer por tudo que vocês fizeram pelo meu filho quando ele chegou aqui. Eu vi o quanto você o ajudou.

Eu sabia que não havia ajudado em nada. Dei um Buscopan para o menino e o levei de um lado para outro. Nada além disso. Mas as pessoas ficam sensíveis quando quase perdem alguém que amam. Às vezes até mais sensíveis do que quando, de fato, o perdem.

— Imagina, senhor. Estava apenas fazendo meu trabalho. Que bom que ele está bem, não é? Daqui a pouco vai para casa.

— Sim, sim. Que bom!

Na quarta à noite, o pai do rapaz não apareceu. Entendeu que o filho estava fora de perigo, e perguntou se poderia se ausentar. Marcelo disse que não havia problema nenhum, afinal, estava muito ocupado gerenciando sua recém-criada, mas já bem-sucedida empresa. O pai estava em segundo plano.

O menino era até bem insuportável, na realidade. Estava sempre no telefone, WhatsApp, laptop e o que houvesse disponível para que ele conversasse com outras pessoas. Mas não, nenhuma vez em que o encontrei ele falou de algo que fosse divertido. Era sempre trabalho e do quanto ele havia conseguido faturar no último ano. Sabe aquelas pessoas que só conseguem falar delas mesmas e dizer o quanto são incríveis sem calar a boca por um minuto? Como se estivessem tentando te convencer da grandeza delas? Pois é. Ele era assim.

A morte dele veio como descrevo aqui: calma e simples. Sem que ninguém desconfiasse de nada. Limpa. Muito diferente de quando ele havia chegado, diga-se de passagem. Quando fui tirar sua temperatura à noite, e dar mais soro, aproveitei para injetar 20 ml de cloreto de potássio na veia dele. Desliguei o monitoramento e ele teve uma parada cardíaca, sem que ninguém fosse checá-lo.

Na manhã seguinte, quando eu estava indo embora do meu turno, o encontraram morto, com o monitor "quebrado". O bom de ser uma enfermeira em quem todo mundo confia é que jamais pensam que a causa do problema possa ser você.

O menino teve uma parada cardíaca, e o resto da equipe teve má vontade.

Nem para a autópsia o garoto foi, pois não tinha espaço no necrotério naquele exato momento em que o descobriram. Disseram que o antibiótico havia sido a causa. Agora, porque o antibiótico tinha demorado tanto para causar o problema, ninguém soube dizer. São aquelas coisas que não se explica. Acontece direto.

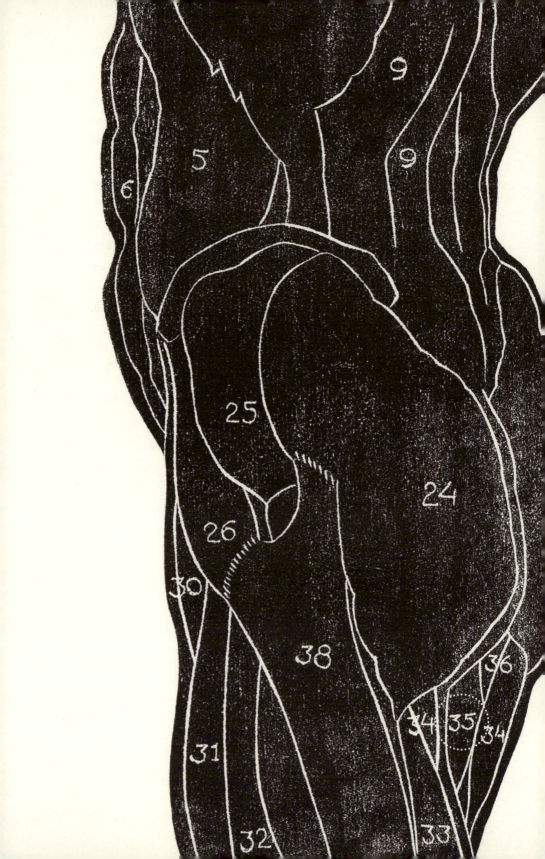

35

Um homem idoso chegou ao hospital estraçalhado. Lembro de olhar para ele e, num primeiro momento, não entender como ele ainda respirava. O rosto estava coberto de sangue e era difícil identificar alguma feição. Só percebi ser do sexo masculino pelos cabelos, pelas roupas e, logo depois, quando abri a camisa dele durante a cirurgia. Pelo que soubemos, sofreu um assalto e não havia nenhuma identificação com ele. Com pulmão perfurado e vários outros traumas, ele entrou numa cirurgia de emergência, mas não sobreviveu.

Nisso tudo, acabei olhando para detalhes no rosto dele, e não vi mais nada. Não sei se eu poderia tê-lo salvado, muito provavelmente não.

Mas nele eu não via ele. Via geografias.

Nossa busca por familiares não levou ninguém ao hospital e o homem idoso precisou ser enterrado como indigente.

Não, esse homem eu não matei, mas às vezes lembro dele e penso no pouco que sobrou de seu rosto. Nas rugas tão profundas que mais pareciam mapas.

Curioso.

36

Henrique Silva chegou ao hospital na tarde de quarta-feira. Chegou de ambulância por conta de uma facada no estômago causada pela revolta de um de seus clientes que não teve a sorte de conseguir "seu amor de volta".

Passou por uma cirurgia que durou cerca de três horas, mas acabou sobrevivendo. Ficaria internado em torno de uma semana no hospital, se o quadro continuasse estável, como estava.

No começo de nossa convivência, Henrique quase não falava. Nos primeiros dois dias mostrou bastante timidez.

No terceiro dia, quando cheguei, ele estava reunido com várias enfermeiras em volta de sua cama. Havia conseguido um tarô com uma delas e tentava adivinhar sua sorte.

O que nenhuma parecia perceber é que ele dava informações bastante vagas e só começava a ser específico quando passavam alguma informação para ele. Lembro do diálogo com minha colega:

— Aí, Pai Henrique. Vou encontrar um namorado este ano?

— Vamos lá, minha filha, eu vou espalhar o baralho aqui na mesa. Escolha quatro cartas.

A enfermeira, com cara de idiota, ia lá e escolhia.

Pai Henrique continuava

— Ah, aqui está! Você tirou a lua, o arcano sem nome, a estrela e o papa.

Olha só! A carta da lua, ah, que bonito! Há duas casas na carta e dois cachorros e um lago, onde fica um crustáceo gigante. A lua envia "lágrimas", só que coloridas. A lua tem conotações românticas e simboliza o ciclo menstrual; logo, é um sinal de feminilidade, intuição e sensibilidade. Você é sensível, né, Raquel?

— Ai, muito, Pai Henrique.

— Ah, eu sempre soube! Dá pra ver! Bom... O sol sempre segue a lua e esta carta simboliza a união dos opostos. Estou vendo aqui que você pode estar apaixonada por alguém que é um pouco diferente de você, hein?! O triste desta cartinha é que quando está ligada à cartinha da estrela, que você também tirou, ela ainda mantém uma dorzinha. Mas você é criativa. Vai sair dessa!

Raquel muito feliz, sorriu.

— Bom, sua segunda cartinha foi o arcano sem noooome. O que isso significa? Não se assusta com a caveirinha na carta não, querida. O arcano sem nome é um sinal de sublevação, ou seja, uma mudança radical na sua vidinha. O que é ótimo! Você está sem um namorado, quer um namorado. Encontra namorado. Bum! Mudança. Às vezes essa carta pode simbolizar morte, mas para você não é isso, não. Eu posso ver. Para você ela significa o fim da solteirice. Aí você também tirou a estrela e o papa. A cartinha da estrela mostra estrelas amarelas e azuis que iluminam o céu. Esta carta simboliza sinceridade e humildade diante da grandiosidade da natureza. A estrela representa generosidade, grandiosidade e partilha. Você é bem generosa né, Raquel?

— Ai, sou sim. É um dos meus defeitos. Até demais, sabe? Eu esqueço de mim e acabo fazendo muito mais pelos outros.

— Ah, siiim... Talvez esteja na hora de você pensar um pouquinho mais em você, não é mesmo?

— Ai, com certeza. Preciso, mesmo...

— Bom, a carta da estrela é muito positiva, um sinal de renovação, renascimento e pureza. Seus sonhos vão se tornar realidade ou vão ser produtivos, graças aos efeitos positivos da estrela. Um peso vai ser tirado de você, e você se sentirá renovada e cheia de sucesso, pois a carta da estrela também carrega esse sucesso todo. E veja só que beleza, a carta da estrela é a carta da enfermagem. Dessas pessoas lindas que tanto se doam pelos outros. Bonito isso, né? Bonita essa vontade de ajudar. Raquel, querida, a última carta que você tirou foi o papa, que significa o dom do ensinamento, e já que estamos falando de amor, não é mesmo? Ela significa uma relação estável e longa. Ou seja, você não vai só encontrar o amor, mas o homem da sua vida...

— Ai, não acredito! Jura?

— Juuuuuuro.

— Ai, que máximo!

— Isso, agora deixa eu tirar uma carta pra sua colega, vem aqui, minha filha, qual seu nome, mesmo?

— Débora.

— Ah, muito bem, Débora. Quer que eu tire umas cartinhas pra você? Do que você quer saber? Amor, dinheiro, trabalho?

— Do meu pai.

— Ah, do seu pai? Bom, vamos lá! Famíííília, né? Pode escolher quatro cartinhas.

Eu escolhi quatro cartas.

A primeira que saiu foi o louco.

— Ah, olha só! O louco é uma carta muito antiga no Tarô de Marselha, é a única sem número. Este arcano maior também é chamado de "Bobo da Corte". É sobre um homem que partiu em busca de alguma coisa. Ele está nesse caminho aí, né? Da busca dele. Seu pai deve sair em alguma viagem em breve. Olha só que divertido! Tem alguma razão de perguntar sobre ele?

— Não, não... Nenhuma.

Meu pai já havia morrido há tempos.

Pai Henrique ficou me olhando, todo concentrado, esperando uma resposta.

— Bom, a próxima carta...

— Não, pode deixar. Eu preciso ir.

Saí do quarto assustada. Eu sabia que aquele cara era um farsante. Não acreditava como as meninas não viam isso.

Mas a carta que ele tirou...

A carta que tirou me assustou.

Naquela noite, fiz questão de levar sopa para ele. Canja com arsênico.

Sim, é bem difícil conseguir arsênico, mas havia no hospital, pois estavam testando arsenito, composto do arsênico, como medicamento.

Quando cheguei no quarto, Pai Henrique já se empolgou.

— Opa, meu jantar!

— Sim, pode aproveitar!

— O que tem hoje?

— Sopinha!

— Isso! Hoje é dia de já começar com os sólidos aos poucos, então trouxemos uma canjinha com um pouco de frango.

— Ah, maravilha!

— Você saiu daqui tão assustada quando eu estava lendo as cartas. Não está com raiva de mim não, né?

— Não, imagina.

— Não envenenou a sopa não, né?

— Ué! O senhor é vidente. Saberia se eu tivesse envenenado, não?

Nós dois rimos incontrolavelmente.

Três horas depois começaram as convulsões.

Em quatro horas, Pai Henrique estava morto.

Filho da puta...

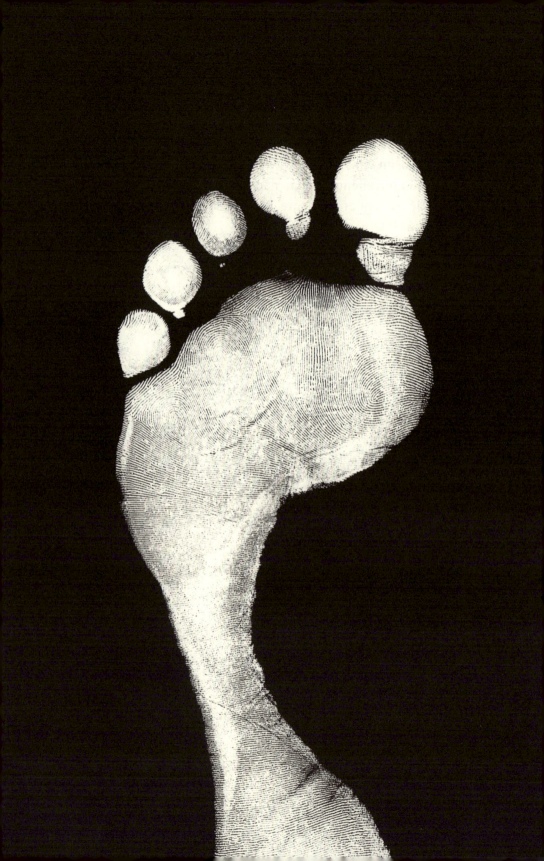

37

Enfermeira Raquel continua solteira.

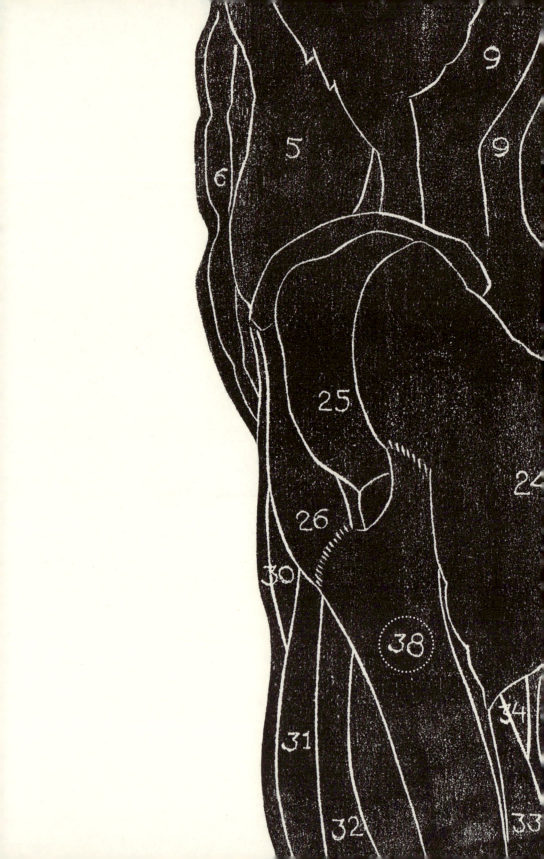

38

Luciano chegou ao hospital acompanhado da namorada, Marilyn, mas de maneira nenhuma deixou que ela entrasse na sala de consulta.

Numa aventura sexual de madrugada, enquanto a namorada dormia, havia enfiado uma garrafa de Red Label no ânus e agora não conseguia tirar. O mais engraçado é que apesar de todo seu comportamento e realidade, Luciano não bebia. Nem sei em que momento fiquei sabendo disso, mas Marilyn falou e achei engraçado. Tive de me segurar para não rir.

A namorada, claro, viu a situação do uísque no ânus e o levou ao hospital, de bruços, no banco de trás do carro dela.

Quando chegou à emergência, o deixamos numa maca, deitado coberto apenas por um lençol, na frente de outros pacientes, que sorriam e riam, ao ver nitidamente a forma de uma garrafa no ânus de Luciano.

E sim, fizemos de propósito. Sempre que recebíamos um assim, deixávamos o paciente, o maior tempo possível, no corredor. Para constranger mesmo...

O grande problema é que com Luciano houve uma complicação e quando fomos remover a garrafa, ela estourou e ele teve de ir para a cirurgia, pois o reto havia sido comprometido. Isso, na verdade, foi o que o deixou internado durante sete dias no hospital.

Cada vez que Luciano precisava evacuar, era um inferno. Ele gritava e chorava para as enfermeiras. Parecia um moleque de 10 anos.

Mas ah... quando começou a andar no corredor, percebi um interesse dele na paciente do quarto ao lado. Cada vez que eles se encontravam, ele dizia algo para agradá-la.

"Nossa, que linda!"

"Você está muito bonita hoje!"

"Caramba, acordou ainda mais linda hoje!"

"Não cansa de ser bonita, não?"

Pois é, o vocabulário de Luciano não era lá muito extenso ou brilhante, mas a menina nunca havia sido muito disputada e morria (com o perdão da piada) de vontade de ter um namorado. Apesar dos 27 anos, ela nunca teve companheiro. Portanto, deu certo. No terceiro dia, eles foram pegos transando no quarto dela. O que causou um rebuliço no hospital e que quase fez a enfermeira de plantão ser despedida. Por sorte, não era eu.

O mais ridículo é que com um bando de incompetentes trabalhando no local, não ocorreu a ninguém mudar a menina de quarto. Ou ele. Não. Simplesmente deixaram eles lá. Bem feito, no final das contas...

No quarto dia, Luciano chegou todo sedutor no quarto da menina, e falou da vontade de fazer algo diferente. Então, perguntou para a menina se ele podia "foder o acesso".

Sim. Exatamente. A menina tinha um acesso por onde entrava a bolsa de colostomia. Assim que houve a consentimento, Luciano não pensou duas vezes. Enfiou o pau na boca dela, deixou que ele endurecesse, arrancou o tubo da menina, que aguentou toda a dor, e enfiou o pau no buraco do acesso, mesmo depois de litros de fezes com sangue terem caído no chão do quarto dela, e na cama. Ah, sim, o ânus de Luciano doeu durante toda a relação sexual. Ele precisou levar alguns novos pontos, após sua aventura, já que alguns haviam arrebentado.

Quando ouvimos um dos monitores do quarto dela apitar, chegamos rápido e colocamos a bolsa de volta na menina, após uma higienização extrema. Só que, claro, Luciano já havia ejaculado dentro dela.

Como não poderia ser diferente, os dois pegaram uma infecção.

A explicação dele foi que "queria saber como era". E como, tecnicamente, aquilo não foi um estupro, não havia nada que pudéssemos fazer, em termos da lei.

A menina morreu em dois dias por septicemia.

Luciano morreu em uma semana, de pau duro, depois de três injeções minhas, de Tiopentato de sódio (para induzir o coma), Brometo de pancurônio (para paralisar o diafragma e os pulmões) e cloreto de potássio (para parar o coração).

Quis ser ousada e criativa. Se não achassem nada na autópsia dele, não achariam em mais nenhum outro paciente. Sucesso.

No final das contas, foi outro que nem para autópsia foi, já que entenderam a causa da morte como choque anafilático por septicemia. Todo mundo já esperava que isso fosse acontecer.

Marilyn, sua namorada, foi quem reconheceu o corpo, chorando, inconsolável e me disse que ele "era um homem maravilhoso".

39

Lucas, de oito anos, chegou ao hospital com a perna quebrada e, assim que o vi entrar pela fresta da porta da emergência, lembrei de meu filho. Eles tinham exatamente o mesmo olhar.

Lucas estava sorridente, apesar da dor. Tinha algumas marcas de lágrimas secas no rosto, e aguardava ser chamado, enquanto esperava sentado no colo de quem imaginei ser a mãe, pois tinha uma cara cansada.

Quando o menino chegou, achei que não o veria novamente. Fez o gesso, foi para casa. Mas voltou quatro semanas depois para realizar a cirurgia. Um nervo havia sido comprometido e apenas quatro semanas depois o médico conseguiu entender a extensão da lesão.

A cirurgia deu certo, mas foi complicada. A parte lesada do nervo precisou ser retirada para que a reconstrução fosse feita por sutura direta.

Lucas ficou internado, sempre com a perna elevada, o que o deixava frustrado e, às vezes, piorava a dor, mas era necessário. Até enquanto dormia a perna estava alta. Difícil para uma criança inquieta. Em pouco tempo, o menino tornou-se a alegria do hospital. Conversava com todas as enfermeiras e estava sempre falando sobre seu pai.

Ah, seu pai, que havia sido um homem maravilhoso. Homem! O cara tinha morrido com 19 anos e, provavelmente, comia meio mundo além da mãe do menino. Ah, mas o menino achava que o pai morto era Deus. Melhor que Deus!

Quando o assunto não era o pai, o menino falava sobre futebol. O. Tempo. Todo.

Aos poucos, tudo o que nele lembrava meu filho se esvaiu.

Era um garoto irritante, com poucas coisas a dizer. Na verdade, com nada a dizer além do pai e de futebol.

Eu pude ver que o futuro dele seria, também, de alguém frustrado, assim como o pai havia sido. Jogando tudo no filho que ele teria, ou na mãe que teria com mais um homem ridículo e infeliz para incrementar a vida dela.

Ao contrário do que muitos possam pensar, eu não matei o menino para "livrar a mãe de um possível sofrimento". Nada disso. Matei a droga do menino porque não aguentava mais o papo dele, e o médico ainda não havia decidido quando ia liberá-lo.

A causa mortis foi embolia pulmonar. Nada mais comum quando o assunto é uma cirurgia deste porte, com um menino que precisava ficar o tempo todo deitado em uma mesma posição.

Sim, eu sou muito boa enfermeira. Acontece que como assassina, sou ainda melhor!

40

Christian Klerer, 58 anos, chegou na emergência, infartado, acompanhado da ex-mulher. Por pouco não morreu de infarto. Por pouco não sufocou com o próprio vômito. Ou seja, por pouco não morreu duas vezes.

Ele chegou e foi logo para o procedimento. Realizamos a angioplastia através do cateter na virilha, e Christian voltou.

Teria sido liberado até que rápido, não fosse a necessidade da cirurgia de ponte de safena, que o deixou no hospital por um total de quinze dias.

Em um primeiro momento, os médicos acharam que era um ataque cardíaco provocado por stress, mas logo descobriram uma hemocromatose hereditária. A culpa não era de Christian, mas de seu pai, que lhe havia passado um gene defeituoso.

A ex-mulher começou a dormir no hospital toda noite, o que dificultava meu trabalho e me obrigava a ficar atenta a tudo o tempo todo. Se ela estava dormindo, se estava virada para o lado da cama, se havia possibilidade de me ver, e fingir que continuava dormindo. Ou seja, precisava ficar esperta para não perder meu emprego.

Durante todo o processo, da angioplastia até o pós-operatório da ponte de safena, Christian estava incrivelmente calmo e não parecia se abalar com nada. O único momento em que algum sentimento parecia exacerbadamente exposto era quando sua ex-mulher estava no quarto. Principalmente, quando ela chegava e eles conversavam por horas, até ela adormecer. Ele sempre dormia depois dela. O mais curioso é que a interação dos dois não me parecia romântica, mas de uma amizade. Indestrutível.

O grande erro de Christian foi tentar conversar comigo, entender "minhas dores". Cada vez que eu ia injetar algum medicamento, ele checava se eu estava respirando melhor do que ele.

Queria saber de todos os detalhes de minha vida, e eu gosto de mantê-los muito bem guardados.

Uma das noites, felizmente, a ex-esposa dele não apareceu. É tão bom quando os acompanhantes não aparecem!

Obviamente eu já queria matá-lo, estava planejando isso e toda aquela "adivinhação" do que eu sentia, estava me irritando há dias.

Então, naquela noite, ele viu algo diferente na minha maneira de me aproximar da cama com a seringa, e disse:

— Enfermeira Débora, Lacan dizia que não é o mal, mas o bem que incita culpa.

Apenas isso.

Jogou essa frase no ar, assim, como quem não quer nada. Do nada.

Eu parei um momento e pensei.

— Sr. Christian, não se preocupe. Eu não sei o que é culpa.

Ele sorriu como se já soubesse e começou a abrir a boca aos poucos.

Primeiro as antenas,

Depois o resto do corpo

Uma barata saiu da boca de Christian, enquanto ele olhava fixamente para mim, ainda com uma expressão de sorriso.

Não fez nenhum sentido.

A barata estava incrivelmente seca.

Sem saliva, nem nada.

E viva.

Christian, de repente, gargalhou.

— Sabe, Débora, na psicose existe a certeza. Não importa o que esteja acontecendo, a pessoa tem certeza das situações em que está inserida. Já a neurose, é movida pela dúvida.

Colocou a barata de volta na boca e se recostou na cama, parecendo bastante relaxado.

Injetei rapidamente. Só queria sair dali.

Ele fechou os olhos.

Mais um infarto.

Dessa vez, ele não sobreviveu.

A barata, não encontrei mais.

Pela primeira vez, tive medo.

41

Noite passada foi muito estranha, pai.

Sonhei com uma vila. Bakhra. Naquela vila, ninguém nunca havia morrido. Viviam, inclusive, pois nunca haviam conhecido a palavra "morte".

Então eu apareci. Cheguei na vila, e todos me olharam curiosos, pois não me conheciam.

De repente, todos estavam caídos.

Um por um.

Só de olhar para mim.

Os corpos jaziam. Inertes. Crianças, velhos, mulheres e homens. Todos jogados ao relento. Morreram ao mesmo tempo e de causas inexplicáveis. O cheiro horrível de carne podre tomava conta do lugar: antes uma aldeia tão pacífica no meio de tanto nada, agora uma aldeia pacífica por abrigar tanto nada.

Eu não sentia nada conhecido. Era quase como se eu me sentisse mal pelas mortes. Muito mal. Era um sentimento que apertava meu estômago e me fazia querer que tudo fosse diferente. Todos os mortos caíam como frutas de uma árvore. E eles eram muitos. A perder de vista.

Ao caminhar pela aldeia, se minha perna encostasse neles, os sentia deslizando em mim como sabão, e não conseguia caminhar direito. Os corpos não me deixavam dar um passo e, quando deixavam, deslizavam.

Eu sobre eles. Eles sobre meus pés.
Sabão sem espuma.
E na frustração de quase escorregar e cair, minha perna
deu um chute no ar.
E então acordei.

Diga a ela que não vou.
Não por ninguém mais, mas por mim.
O cinismo cansou, pois finalmente convenceu.

Diga a ela que não vou.
Não por problemas, mas por clareza.
O tempo acalmou, pois finalmente faleceu.

Diga a ela que não vou.

42

Paulo Lopes chegou desacordado na emergência. Sabíamos quem ele era pelo RG que levava no bolso, mas não falamos com ele em nenhum momento. Paulo foi direto para a tomografia que acusou um traumatismo cranioencefálico.

Contatamos a mãe que, às vezes, passava pelo hospital para ver o filho que estava na cama como um vegetal.

Um dia, eu estava entrando no quarto, ela estava lá:

— Me disseram que ele foi desviar de um gato, sabia?

— Perdão?

— Ele foi desviar de um gato. Com a moto. Caiu no chão e ficou assim. Vê se pode!

— Você tem filhos, enfermeira Débora?

— Tenho um, sim.

— Ah, então a senhora sabe.

— Sei, sim. Não consigo imaginar nada de ruim acontecendo com meu filho.

— Pois é, menina.

A mãe pegou a mão do filho e começou a fazer carinho enquanto eu preparava o remédio.

— Ele estudou quatro anos de veterinária, mas teve que parar. A gente não tinha condições. Era para ele ter tido uma vida tão boa, minha filha... Tudo que o menino tentou, não deu certo.

— Aí, foi fazer uma entrega. Um entrega boba. Foi desviar de um gato, caiu e bateu a cabeça.

— Você vê, minha filha. Se ele não desviasse. Se não quisesse salvar, ele provavelmente ainda estaria bem.

— A gente nunca sabe o dia de amanhã, né?

— Não, minha filha. A gente nunca sabe. Mas se Senhor Jesus permitir, ele vai ficar bom, né?

— Tem que ter fé, né?

— Deus nunca decepciona a gente. Ele sabe o que está fazendo.

— Amém!

Dei o remédio para Paulo e saí da sala.

A mãe passou o resto da noite lá. Dormindo no sofá.

Nada de o filho acordar.

Depois de três meses, começou a ficar cansativo. O cara não acordava. A mãe não deixava de ir, e todo dia ela queria enfiar a fé dela em mim. Todo dia falava de Deus, todo dia falava de Jesus. Todo dia dizia que Deus não decepcionava ninguém, mesmo que ela estivesse extremamente decepcionada com as casualidades da vida, naquele momento.

Olha, talvez esse tenha sido o único que fez com que eu pensasse duas vezes, pois, de fato, nem mesmo conheci o Paulo. Conheci apenas o corpo. São duas coisas diferentes. Nunca conversei com ele. Talvez fosse uma pessoa brilhante, mas como é que eu ia saber? O cara estava lá, vegetando. Todo dia a não morte dele nutria a mãe de esperança e trazia ainda mais fé para a mulher, vê se pode uma coisa dessas! Não faz nenhum sentido.

Logo ela, que deveria estar completamente incrédula!

A embolia pulmonar dele foi a mais fácil de causar, pois, claro, ele já estava deitado há muito tempo e, assim como vários dos outros pacientes que tive, as pessoas esperavam que ele realmente morresse logo. Afinal, o hospital precisava dos leitos e de todo o espaço e atenção que ele estava tomando.

Eu, de fato, fiz o que fiz, pois achei que a mãe dele deveria seguir com a vida dela.

Sabe! Fosse viajar. Fazer as coisas dela, as coisas que queria fazer. E tinha o seguinte: ao mesmo tempo que ela estava sempre lá, parecia haver uma necessidade de estar lá para mostrar serviço. Principalmente para Deus. Sabe? Do tipo que, na cabeça dela, se ela não tivesse lá, Deus a castigaria. Ainda mais! Não sei. Tinha algo estranho ali.

Tive a comprovação quando o médico disse que o filho dela havia falecido e ela nem mesmo chorou. Não teve nenhuma reação. Disse:

— Então, acabou?

— Acabou, senhora.

— Tá bom.

E saiu andando.

Quem se importa não age assim. Quem se importa jamais age assim! Não é que exista uma cartilha nem nada disso, mas existe uma certa regra de etiqueta a seguir quando alguém morre. Se você é da família, mesmo que você não se importe, você demonstra algo.

Quer saber? No final das contas não foi nem o jeito que ela agiu com o filho. A mulher não tinha classe. Não era sofisticada. Se apoiava em qualquer fé e adorava uma cena de sofrimento para poder aparecer para quem estivesse dentro do hospital. Olha, eu normalmente gosto das mulheres, é dos homens que eu tenho raiva, mas ali algo me incomodou. O jeito que ela falava com Deus, ir todo dia, pedir para ele, pedir para nós, que ele ficasse bem. O que ela sentia? Culpa por não ter feito as coisas direito? Queria mais tempo? Outra que quer mais tempo, pois o que teve não foi o suficiente? Ah, não. Aí já foi demais. Fora o chinelo amarelo com as unhas cor de rosa, cintilantes, com a unha do dedão esquerdo pela metade, então ela só pintava aquele toquinho de unha.

Pelo amor desse Deus de quem ela tanto fala: Ele não podia descer algum bom senso ou bom gosto naquela mulher?

A qualidade do laço é sempre mostrada pela perda. Se ele não aparece, só posso entender que fiz a coisa certa.

43

A morte é curiosa, pois ela não escolhe idade, não é? Falam dos assassinos, mas preste atenção na morte que acontece, pois o bebê nunca teve chance de continuar vivo após nascer, ou na teimosia do menino de quinze anos, bem criado, que foi maior do que a proteção que os pais podiam ter lhe dado, o que o fez segurar na traseira de um ônibus enquanto andava de bicicleta, só para ir mais rápido. E durante a adrenalina, ser atropelado pela Range Rover de uma madame que não conseguiu parar a tempo. Ou então, daquela criança de seis anos que, continuamente, cria tumores e mais tumores, nas mais diversas partes de seu corpo, sem que exista uma razão plausível para isso.

Hoje, claro, quando não pensamos em acidentes, mas pensamos em doenças, fala-se muito sobre genética.

Genética é tudo. Tudo o que sua família te trouxe, assim, sem querer.

Mas também tem aquela coisa: hoje em dia quando não se sabe a razão da doença, fala-se de genética.

Bem, a "genética" me parece a virose do século XXI.

A nova explicação daquilo que não se consegue explicar. Os médicos sempre precisam dar um nome, não aceitam dizer que não sabem.

44

Há algo de muito bonito em matar pessoas sem precisar verter sangue. Sinto que expor sangue seja uma coisa mais masculina, por mais que nas mulheres exista a menstruação, e eu gosto da sensação de o meu sangue sair de mim, limpo, como um presente para o mundo. Mas quando é um ferimento, creio que causar esse tipo de exposição das entranhas seja um tanto óbvio. Bem vulgar até.

    Homens, quando matam, fazem de qualquer jeito, assim como lidam com a própria vida. O que acontecer, aconteceu. Do jeito que ficar, está bom. É terrível! Bom, nem para varrer os homens servem. Seguram a vassoura do lado errado, colocam temperos doces junto dos salgados, não entendem quando devem ajudar a limpar a casa, isso quando ajudam! Enfim...

Bonito mesmo é a pessoa estar no caixão enquanto os outros comentam que ela nem mesmo parece estar morta. Alguém fazer uma autópsia e nem o médico responsável ter ideia de que ali houve um assassinato.

Comigo não existe lei do mínimo esforço. Tudo é feito cuidadosamente, e da melhor maneira que eu puder fazer. Com um mesmo modus operandi. Quase sempre. Sempre que consigo.

Quantas pessoas conseguiriam fazer algo assim? Quantas pessoas seriam capazes de tamanha competência?

Enterrar alguém morto que parece vivo é de uma classe e de um profissionalismo descomunal.

45

04h14 da manhã. O tempo voa quando você espera os outros morrerem. No final das contas, essa é a vida num hospital, não é mesmo?

"Se é agora, não vai ser depois. Se não for depois, será agora. Se não for agora, será qualquer hora. Estar preparado é tudo."

Será que Shakespeare foi enfermeiro? Deviam fazer um hospital em sua homenagem. Hospital William Shakespeare. Abaixo Albert Einstein! Viva William Shakespeare! Seria o hospital mais preparado do mundo, com certeza! Aqueles Doutores da Alegria se sentiriam em casa, com aquelas encenações de peças infantis.

Naquela madrugada, saí das minhas lembranças com a vista ainda nebulosa. O único barulho que eu ouvia era o do relógio do corredor e o motor da enceradeira. Só Deus – e eu – sabemos o quanto isso pode enlouquecer uma pessoa. Me reclinei na cadeira e encarei o teto por alguns momentos. O silêncio na Sala de Coleta 08 era surpreendente. Aquilo era um hospital! Devia haver gritos, correria, apitos, sirenes, choros, risadas. Mas parecia que ninguém estava disposto a passar mal naquela noite. Uma vez ouvi de um dos manobristas do estacionamento do hospital que os horários de pico de pacientes em qualquer ambulatório ou hospital do país (segundo ele, que havia trabalhado em cinco lugares diferentes) era logo após o jogo de futebol ou a novela. Nunca havia feito essa relação, mas logo percebi que era verdade. As pessoas preferiam morrer do que não saber se o personagem A traiu ou não traiu a personagem B com a personagem C no final do capítulo. Acho que devia estar passando algum amistoso da seleção naquela hora, porque não era possível tão pouco barulho.

    A luz do teto piscou e percebi que havia deixado aquele rastro luminoso quando olhamos para outro lugar após fitar claridade por muito tempo. Desviei o olhar do teto para as paredes, mais sujas do que deveriam estar, todavia mais limpas do que eu esperava.

    Decidi tomar um café. Aquele silêncio já estava ficando ridículo. Quando apoiei a mão nas coxas para me levantar e olhei para elas, minha visão enturvou novamente. Como aquelas tonturas que temos quando levantamos, mas vinda diretamente do sétimo círculo do inferno. Caí na cadeira pela segunda vez. Não devia ser nada, apenas a marca deixada na minha retina pela lâmpada. Pisquei. Abri os olhos. Ainda estava lá. Pisquei novamente. Ainda estava lá. Fechei os olhos uma terceira vez, mas demorei para abrir. Vi as luzes amarelas, vermelhas e verdes dançando na penumbra das minhas pálpebras. Um passo para a frente, dois para trás. Tomei coragem e abri os olhos. Ainda estava lá.

Como eu não tinha visto aquilo até então? Alguém mais tinha visto? Não era possível. Aquela mancha de sangue na minha calça estava lá desde quando? Estava próxima da minha virilha, será que eu tinha menstruado? Não, não era possível. Eu acompanhava meu ciclo em um aplicativo de celular. Procurei na agenda. Nada. Não tinha marcado naquele mês. Impossível. Tranquei a porta e abaixei as calças. Nada. Minha calcinha estava intacta. Minha vagina seca. Nada tinha passado por ali. Me vesti novamente.

Algo naquela sala deveria ter me manchado. Provavelmente algum dos tubos de sangue que alguém esqueceu de levar para o laboratório, claro. Mas não havia nada na pequena bancada branca próxima à cadeira de coleta além do lixo amarelo com o símbolo informando que seu conteúdo era tóxico.

Eu havia lavado essa calça recentemente? Na verdade, quando tinha usado essa calça pela última vez? Será que eu havia me cortado me depilando? Não, sou muito cuidadosa para isso. Meus braços estavam limpos. Conferi na câmera do celular que não havia nenhuma espinha estourada no meu rosto. De onde veio essa mancha filha da puta?

Bom, de uma coisa eu tinha certeza: não era de nenhuma das minhas vítimas. Eu não trabalho com sangue, já havia decidido e praticado isso inúmeras vezes.

Ou será que era?

Era?

Não podia ser.

Eu praticamente só usava essa calça para trabalhar. Onde mais teria sujado?

Naquele dia eu almocei salada e frango. Nada com molho vermelho nem ketchup. Isso estava fora da questão. Devia ter sido de algum outro enfermeiro, com certeza. Mas ninguém havia encostado na minha virilha. Alguns bem que tentavam, mas nunca conseguiram. O QUE EU TINHA FEITO?

Precisava ir para casa me trocar. Tirar aquela calça nojenta, tacar fogo e dar adeus para as evidências. Quase 5h da manhã, sem uma alma viva (hahaha) no hospital, era mais do que o certo a se fazer.

Destranquei a porta da Sala de Coleta 8, olhei para os dois lados como se estivesse prestes a atravessar a Marginal Pinheiros numa tarde de sábado, e andei. Era um absurdo a quantidade de curvas e desvios que se tinha de fazer para sair daquele lugar: Reto até o raio-x, depois à esquerda, pega o elevador quatro para o segundo andar, passa o balcão de informações, entra na ala de ortopedia, pega o elevador três para o térreo, passa pela recepção e finalmente chega ao elevador um que leva aos subsolos, onde ficam os carros. Eu precisava andar devagar para não chamar atenção. Se me vissem, a primeira coisa que perguntariam era sobre a mancha de sangue. "Por que você tem uma mancha de sangue na virilha?" "Derramou alguma coisa?" "Sua calça está suja". "De quem é esse sangue? De alguém que você matou?" Não, eu não podia deixar isso acontecer.

O hospital, tão familiar para mim, de repente parecia um daqueles labirintos de planta que vemos nos quintais das famílias milionárias da Inglaterra. No escuro. Com areia movediça no chão. E baratas. Muitas baratas.

Reparava em tudo. Queria saber se tudo estava tão manchado quanto eu. As paredes já pareciam mais limpas. Os padrões das pedras do chão pareciam, finalmente, fazer sentido. As linhas tortas dos desenhos me mostravam para onde tinha de ir. Para os outros podia ser apenas um vinco no branco do mármore, ou seja lá que pedra aquilo fosse, mas para mim era claramente a direção que eu precisava seguir. Meus próprios tijolinhos amarelos.

Macas se amontoavam nos corredores, vazias, à espera de quem as esquentasse. Me apoiei em duas delas para não cair enquanto fingia que estava tudo bem. Senti o frio dos lençóis, o gelo das barras de metal. Era quase uma experiência extrassensorial. A mancha me fazia ver tudo com clareza.

Entrei no elevador quatro e apertei o segundo andar. "Elevador, desce". Até a voz da moça do elevador não me incomodava mais. Tudo era uma questão do que tinha de ser feito.

Até a ala de ortopedia não havia cruzado com ninguém. E podia muito bem ter ficado sem cruzar com ninguém até chegar em casa. A porta do elevador três abriu no térreo. Faltava pouco, era só atravessar a recepção e...

— Débora! Onde você estava? Já ia mandar a Tamires te buscar!

Era o maldito do Dr. Valmir. O que aquele filho da puta estava fazendo ali? Mas minha resposta foi respondida de imediato. Atrás dele vinha o mais próximo que se poderia chegar de uma procissão dentro de um hospital.

Uma maca era puxada por uma enfermeira gordinha. Ela já estava sem fôlego de puxar da recepção até logo depois da recepção. Atrás da maca, um enfermeiro com cara de desespero. Inconsolável, eu diria. Não me pergunte o motivo. Como se ele nunca tivesse visto alguém doente!

Na maca estava uma moça de uns 30 e poucos anos. Cabelos escuros e compridos, bonita. Pela barriga, lhe daria uns oito meses de gravidez. Foi assim que conheci Juliana e, claro, a pequena Helena.

Logo atrás da maca vinham mais dois enfermeiros, correndo para acompanhar o ritmo dos que levavam a cama sobre rodas e um rapaz completamente perdido. Não com aquela cara de quem está desorientado geograficamente, mas obviamente sem nenhuma noção do que estava acontecendo.

A boca aberta tremia, os olhos não paravam de se mover para um lado e para o outro, as mãos já vermelhas de tanto se arranhar.

— Coloque o marido, noivo, sei lá, na sala de espera e venha comigo. Urgente para sala 02. Agora, Débora! — disse, o Dr. Valmir.

Eu não soube o que fazer por alguns instantes. Se eu corresse para a porta de saída seria muito estranho? Eu estaria me entregando às mãos da polícia? "Nós te pegamos, Débora! Essa mancha não te deixa mentir!". Mas se eu ficasse no hospital todos iriam descobrir o que eu fiz. Afinal, o que eu fiz? Haveria incontáveis discussões e hipóteses levantadas, enquanto a tal da Juliana se debatia em dor. O marido, que eu fui descobrir enquanto o acompanhava para a sala de espera que se chamava Márcio e era só o noivo, estava em prantos, gritando para tentar entrar na conversa. Dr. Valmir ia querer me examinar! Ia pedir para eu deitar na maca e iria querer sentir a mancha. Ele sempre quis me sentir. Ele sempre quis.

Não, não podia ser do Dr. Valmir aquela pequena poça de perdição. Eu não trabalhava com ele há semanas. Mas isso não eliminaria a hipótese de ele querer tirar minha roupa e ver se a mancha tinha atravessado o tecido. Será que a mancha já tinha atravessado o tecido? Será que agora eu estava com uma mancha na virilha? Bom, eu poderia dizer que era uma marca de nascença. Quem duvidaria?

Por outro lado, se eu fosse para casa e abandonasse a operação eu seria desmascarada também. Caçariam minha licença, fariam uma busca para saber meus motivos. Minha reputação e minha carreira ficariam manchadas.

Literalmente. Iam abrir inquéritos sobre o que aconteceu naquele dia. "A enfermeira que fugiu" seria a manchete na homepage do UOL. Todos os detalhes da minha vida expostos.

Minha mancha viraria teste de Rorschach. "O que você vê aqui, senhora?". "Uma vadia assassina que se entregou à polícia por nada! Podia ter se livrado, mas achou que era mais esperta indo pra casa! Está tudo aí nessa mancha".

Decidi que, das duas opções, a menos horripilante era dar um fora no Dr. Valmir.

Peguei o noivo pelo braço, ainda totalmente desnorteado. Perguntei seu nome e o que havia acontecido. Ele só conseguiu responder a primeira pergunta, com dificuldade. Coloquei-o sentado numa cadeira de frente para a televisão, pedi para ele esperar e lhe trouxe uma água. Deixei o resto nas mãos da Gabriela, a recepcionista, e corri para a sala 02.

Juliana tinha pré-eclâmpsia que estava evoluindo para eclampsia. A pressão dela estava altíssima e, então, quando achávamos que tínhamos conseguido algum controle da situação, ela começou a convulsionar.

Juliana se debatia na mesa, enquanto minhas colegas tentavam, de todas as formas, contê-la. Seus batimentos cardíacos dispararam. Tudo até o coração dela parar. Os bipes começaram a ficar mais lentos.

Mas talvez ainda desse para salvar o bebê.

Engraçado que os bebês nascem todos manchados. Nós chegamos ao mundo envoltos em uma mancha. E, logo que morremos, ficamos com várias. Manchas que os maquiadores lutam desesperadamente para retirar. Marcas que passamos incontáveis horas tentando disfarçar. Pó, base, corretivo. Todos os paliativos para removermos a mancha que já penetrou em nós. Ficamos nove meses envoltos nela. Não dá para tirar.

A mancha estava ali. Estava em todo o lugar. Juliana estava coberta de manchas. Dr. Valmir estava coberto de manchas. Eu, que nem havia encostado em Juliana ainda, estava coberta de manchas! Algumas, inclusive, que só eu via.

Olhei pra baixo e constatei que aquela coisa nojenta ainda estava na minha perna. Molhei os dedos de saliva e esfreguei a virilha. Os gritos de "calma, calma, cuidado" do Dr. Valmir pareciam tão distantes. Aquilo. Tinha. Que. Sair.

— Débora! Que merda você está fazendo? Ajuda a gente aqui, porra!

Fodeu. Eles tinham descoberto. Gelei no lugar. Eles iam largar tudo, bisturi, tesoura e fórceps, tudo dentro da Juliana. Iam correr para cima de mim e chamar a polícia. Era só uma questão de tempo.

— Pega o bisturi, Débora! — gritava o médico — Pega a porra do bisturi e abre essa mulher logo!

Ou talvez não.

Talvez ninguém tivesse visto ainda. Se eu me mantivesse calma, tudo daria certo.

Peguei o bisturi e passei para o Dr. Valmir. Eu não sabia o que fazer. Tudo aquilo me parecia muito estranho, quase encenado. Já estava esperando as câmeras saindo de trás da porta e todos rindo e gritando "te pegamos!". E então, eles realmente teriam me pegado.

Os bipes voltaram a ficar lentos. E mais lentos. E mais lentos. Até que se tornaram um só. Um longo e contínuo piiiiiiii. Os bipes do bebê também cessaram. Insuportável.

Nessa hora, Juliana já estava com a barriga cortada, enquanto o Dr. Valmir retirava o que deveria ter sido a pequena Helena de dentro dela. Nenhuma das duas respirava. Juliana não sobreviveu. Helena, nem viveu.

— Débora, pega a criança aqui! Não conseguimos salvá-la. Coloque ela na caminha na sala ao lado e chame a Dra. Teresa. Ela vai fazer as honras — pediu o Dr. Valmir.

Peguei a natimorta Helena, toda manchada. Foi quando tudo me ocorreu. Era aquilo. Só podia ser aquilo. Eu ia me safar. Sempre lute fogo com fogo e sangue com sangue.

Peguei o feto com ambas as mãos e segui para a porta. A enfermeira gordinha abriu-a para mim, segurando as lágrimas e olhando para Helena. Vemos esse tipo de coisa quase todo dia e tem profissional que ainda se impressiona, veja só que coisa. Fui para a sala 03, que ficava logo ao lado.

Estava sozinha com Helena, finalmente.

Peguei sua mãozinha, delicada e pequenina, e esfreguei com toda a força que tinha na virilha. Esfreguei por uns 10 segundos, virei o bebê ao contrário e passei a mistura de sangue e placenta de sua cabeça nas coxas. Via o cabelo recém-formado mudando de direção enquanto transferia todas as suas manchas para mim.

Estava purificada.

Agora, nunca saberiam de quem era aquele sangue. Nunca saberiam o que tinha acontecido. Se perguntassem, encostei sem querer. Tive que arrumar a caminha da tal da Helena-que-nem-viveu e acabei encostando a criança nas pernas. Uma pena. Eu adorava aquela calça!

Saí da sala e voltei para onde Juliana estava. Imóvel, com a barriga aberta, cercada por enfermeiros que choravam e arrumavam tudo, e por um Dr. Valmir decepcionado consigo mesmo.

Não havia nada que ele pudesse fazer. Não havia nada que ele pudesse ter feito.

Foi uma purificação completa. O sangue do carneiro. O renascimento.

Só que quem subiu aos céus não fui eu. Foi Juliana.

Depois de deixar Helena na sala, Dr. Valmir me pediu para ir com ele até o noivo de Juliana, e contar o que tinha acontecido. Acho curioso, pois falam sobre mulheres, mas você já viu homem para dar escândalo? É uma competência que não deixa espaço para mais ninguém! Impressionante.

Eu tinha reparado nele, assim que ele sentou na sala de espera, pois a perna dele não parava de mexer. E o mais curioso é que mexia em um certo ritmo, que ele mantinha. Parecia que acompanhava uma música ou algo do tipo. Engraçado.

O homem se jogou no chão, disse que Juliana era o amor da vida dele, que ele tinha feito vasectomia e que achava que não ia mais poder ter filho etc., etc., etc...

Sentado no chão, ainda abraçou minhas pernas e enfiou a cara no sangue de Helena. Nossa, morri de nojo daquilo!

Mas tudo bem, pelo menos a mancha de minha calça não me incriminaria mais. Eu já estava tentando me soltar daquele abraço estranho, quando Dr. Valmir disse:

— Débora, leve o Márcio até o banheiro. Ajude-o, por favor.

E lá fui eu levar o homem para se lavar e dar um calmante para ele.

Então, ele me disse:

— Débora, né?

— É!

— Você conhece o Réquiem do Mozart?

— Não, senhor. Não conheço.

— Tem a Lacrimosa. É a parte mais famosa.

Então começou a cantar:

Lacrimosa dies illa
Qua resurget ex favilla
Judicandus homo reus.
Huic ergo parce, Deus:
Pie Jesu Domine,
Dona eis requiem.
Amen.

— Isso significa
Dia de lágrimas aquele
Em que ressurgirá das cinzas
Um homem para ser julgado
Tende, pois, piedade dele, ó meu Deus
Ó, Misericordioso Senhor Jesus!
Concedei-lhe o repouso eterno
Amém!

— Hoje foi meu Réquiem. Minha vida terminou aqui, mesmo que ela continue. Você sabe o que é isso? Nunca mais vou ser o mesmo.

Então entendi: a morte nem sempre vem quando paramos de respirar. Sim! Era isso que faltava.

Assim que finalmente consegui sair do hospital aquela noite, fui correndo para casa. Minha sorte é que achei uma outra calça no armário do hospital, que eu nem sabia que estava lá.

Coloquei, e fui para casa, com a calça cheia de sangue dentro de um saquinho de supermercado que estava dentro de outro saco.

Sangue é complicado. Ninguém pode ver. Todo mundo quer saber de onde é e logo se impressiona.

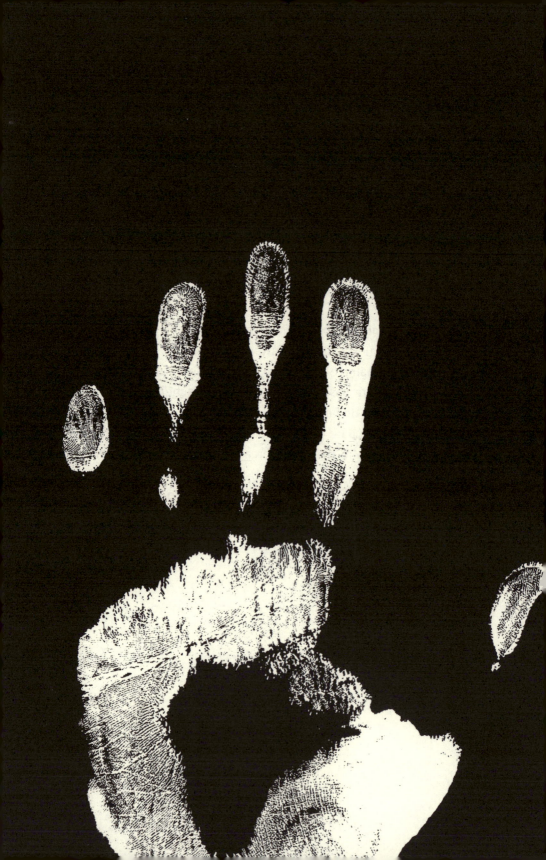

46

As semanas seguintes é que foram curiosas para mim. Aconteceram de um jeito que eu não estava esperando.

Comecei a lembrar da Helena, da mão de Helena, de Juliana convulsionando, de Márcio abraçando minhas pernas na sala de espera, do Réquiem.

Parecia que, como a mancha daquele dia, a impressão sobre tudo o que havia acontecido não saía de mim.

E eu ainda mantinha aquela sensação de que poderia ser pega pela mancha, e nada daquilo saía da minha cabeça.

Alguma coisa havia acontecido e eu, de fato, não sabia o que era. Sempre tive tanta certeza de meu trabalho e dos assassinatos que cometi. Qual a razão de eu ficar lembrando agora? Eu nunca matei envolvendo sangue. Por que eu me lembrava da mancha de sangue em minha calça?

As mãos de Helena. As mãos de Helena. Helena de Troia. A beleza. O fim.

Percebi, então, que Helena foi como um aviso para mim. Era hora de parar. Pensei sobre meu parto. Lembrei dele. Lembrei dele, e lembrei de meu filho, que agarrou no dedo da médica assim que nasceu, como se estivesse implorando para viver.

Entendi o recado. Estava na hora de parar.

Trabalhei em muitas áreas do hospital. UTI, emergência, oncologia, colonoscopias e endoscopias, mas realmente devo admitir que o que torna um trabalho interessante e o que torna um paciente inesquecível é algo que não consigo explicar.

Às vezes minha vontade é salvá-lo, às vezes é o oposto, às vezes não sinto é nada. Apenas sinto. Vem algo em mim que me avisa que aquela pessoa não deve mais estar aqui, sabe?

E a cada respiração é como se ela roubasse um pouco do meu ar. Roubasse um pouco de meu espaço, roubasse um pouco do meu tempo.

Quanto tempo você tem, meu pai?

Quanto tempo eu tenho?

Se pudesse lhe abraçar agora, eu o faria. Apenas por achar que as circunstâncias serão frias demais e, por isso, acatarão facilmente em aceitar que nunca mais nos encontremos.

Sei que estou cruel, mas não o sou. Talvez você já tenha se esquecido de inúmeros sinceros sorrisos contidos nas prateleiras de tudo que te disse.

Sei que, um dia, você quis ouvi-los.

Em minha crueldade não há desculpa, mas nela há você. Pois sem você no meu dia a dia essa desestrutura que você vê não existe. Tenho algum tipo de ciúmes dessa fé que você põe em sua ordem, mas tenho tristeza da falta de fé que sobrou para mim.

De todo mal que você pensa sobre mim, sou no máximo, a metade. Eu garanto.

E ainda há a pergunta assombrosa que não me deixa dormir: E você? Não se cansa de sentar neste degrau e fingir, toda vez, que está de pé?

Há muito tempo eu soube daquela sintonia.

Aquela sintonia que ninguém podia saber, mas nós dois tínhamos.

Aquela que me faria enxergar além do vidro.

Quantos me seguraram?

Quantos me segurarão?

Ainda assim, vejo que quase fui alguém.

Eu quase fiz você chorar.

Eu quase fiz você me amar.

Eu quase te fiz pensar.

Eu quase vi o mundo.

Eu quase disse não.

Eu quase salvei Helena, se não fosse a mancha em minha calça.

Mas todo mundo sabe que "quase" não serve para nada, então sorri por um disfarce além da minha fraqueza, quase me convencendo de que você me convenceria.

Mas todo mundo sabe que quase não serve para nada.

Aquele grito ecoou.

Juliana.
Helena.
O gosto de sangue em minha boca.
O grito mudo.
E eu quase ouvi cada letra dele.
Quase senti o cheiro daquelas flores.
Quase pensei em me dar uma segunda chance.
Mas todo mundo sabe que o "quase" não serve para nada.
Eu sei o que você diria.
Sei o que o velho estilo Maquiavel faria de mim.
Sei que aquela outra possibilidade de você quase me emocionou.
Mas todo mundo sabe que o quase não serve para nada.
E eu quase teria entendido.
E eu quase teria estado.
Mas todo mundo sabe que o quase não serve para nada.

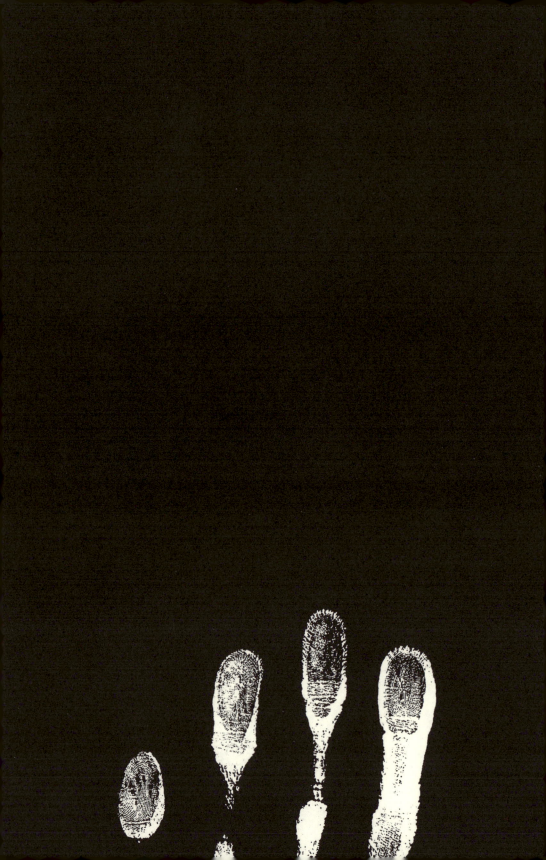

48

O nós, substituído por nãos, agora desliza pelas mãos de um presente imaturo que finge saber o que quer.

Mas coisas acontecem e tiram das pessoas as verdades que elas não sabiam ter. Entre elas, o poder de você só conseguir esquecer, pois não sou capaz de estar aí.

Acontece que você sabe que é por isso. Sempre soube. Todos eles também.

Eu erro, mas estou aqui, sentada pacientemente para ouvir as notas que, mais cedo ou mais tarde, desafinarão durante o show particular. Um show que se desfaz quando um nome sem sílabas você tentar encaixar. Às vezes as palavras, sábias que são, escondem-se para existir apenas quando sentem que são ditas com verdade.

Você diz que está curado, mas não há cicatrizes. Há uma ferida exposta que insiste em te lembrar constantemente do que você amaria odiar, mas apenas ama com muito ódio.

É perto do intolerável te ver tão machucado e tão frágil que só consegue suportar fragilidade. Sinto muito, meu amor. Saiba que me culpo. Não gostaria de ter te levado a isso.

Há muita precariedade em ser tão pacífico.

Essas malditas certezas que só fazem sentido para o que você acredita precisar agora, mas que escaparam às suas necessidades desde que você se conhece por gente!

Porém, se convença do que você precisa para conseguir sobreviver. Apenas peço que tenha cuidado antes de se sentar à mesa e lambuzar apressadamente seus dedos em glórias natimortas. Não se esqueça de que a gula é um pecado, e a ira também.

O tipo exato de pecado que a minha falta de fé adora odiar.

49

Pai.

Na hora em que você faleceu, não foi como todos os meus outros pacientes que viriam depois. Seus batimentos cardíacos aumentaram e, em um segundo, perdido por entre tecidos, pude enxergar certo descontentamento. Uma falta de orgulho, ao mesmo tempo em que estava orgulhoso. Não foi impessoal. Eu sei. É difícil de entender. Isso acabou comigo, pois eu sabia que estava fazendo o que era melhor para você e, mesmo assim, você não enxergava. Mas, enfim, talvez tenha sido algo da minha cabeça, pois você não estava mais consciente.

Além de tudo, era Natal, e eu estava te dando o presente que você havia me pedido: estava te livrando do câncer.

Talvez por você ter sido o primeiro, foi mais difícil para mim. Senti em minhas vísceras que senti essa vontade durante minha vida inteira.

Uma noite antes, eu sonhei, novamente, com besouros vermelhos saindo de minha boca, tomando conta de meu corpo enquanto baratas saíam de seu umbigo e sumiam assim que chegavam à superfície de sua barriga. No sonho, havia silêncio. O silêncio mais possível. Você não sentia nada com o horror, mas também não sentia com a maior demonstração de afeto que alguém poderia te proporcionar.

Talvez a parte mais difícil tenha sido mexer em você o suficiente para que se lembrasse do que queria comigo. Mas se lembrou, não se lembrou? Homem não tem descanso mesmo, né? Nem quase morto. Mesmo sem me mostrar a certeza de que eu estava lá. E quando senti o jato quente em minha mão, tive que correr para o banheiro e enfiar toda aquela porra dentro de mim. Durante alguns momentos, juro que duvidei que daria certo. Pegando com a mão e enfiando fundo na minha vagina. Mas ainda estava quente e, filho da puta, você sempre foi muito fértil.

Mas sabe, apesar de ter sentido um pequeno ar de reprovação, posso jurar que te vi sorrindo. Se eu contasse isso a alguém, me diriam que não, que isso seria impossível, que estou louca, mas eu posso jurar e ninguém vai mudar minha ideia em relação a isso.

Só se lembrar da praia. Eu sei que você queria que eu fosse sua. Lembro, também, de você querer andar comigo na praia, me exibindo, enquanto se recusava a caminhar na mesma praia com minha mãe. Sempre me quis. Imagina só! Dois presentes em um dia. Se livrar da doença no Natal e engravidar a filha gostosa. Caralho... Fiz um velho feliz mesmo, né?

Os peixinhos nadando para dentro do tofu.
Seus espermatozoides nadando para dentro de mim.

Logo depois de enfiar todo o esperma que eu podia para dentro, esperei em torno de meia hora deitada na cama de acompanhante enquanto você estava lá. Inerte. Com o pau mole, agora. Sim, fui conferir.

Meia hora depois, quando aumentasse minha chance de ser mãe, foi a hora de te dar uma injeção de ar. Levei tudo para não deixar rastros e, é ridículo, pois em UTI nenhuma pedem para revistar a bolsa antes de a gente entrar.

E, sejamos honestos, você realmente acha que as pessoas já não estavam esperando que seu coração parasse? Os rins já haviam parado de funcionar, você ficava com o aparelho de hemodiálise o dia inteiro ligado em você, além de estar respirando por aparelhos.

Mas foi isso, meu pai. O momento de sua morte foi lindo. As decorações de Natal do lado de fora da janela, e nós, juntos, ali no quarto.

Lembrei até de quando você me contou que o Papai Noel não existia.

Segundos depois de te aplicar a injeção, os aparelhos acusaram o início de sua morte. Na hora, escondi a seringa em minha bolsa. Os médicos e enfermeiros correram para tentar te ressuscitar e me pediram para aguardar do lado de fora.

Você se foi.

Quando o médico me comunicou o acontecido, senti um líquido escorrer por entre minhas pernas. Em um primeiro momento, achei que fosse seu esperma, mas quando fui ao banheiro vi que não. Era urina. Minha urina. Não entendi a razão daquilo, num primeiro momento, mas hoje acho que foi uma espécie de choro. Meu choro. Pois passei o resto do dia com muita vontade de fazer xixi. Ia a cada cinco minutos. Apenas entendi que a grande consciência de quem você era para mim estava ali, exposta naquela fisiologia, anteriormente tímida. Que, aliás, deveria ter continuado assim. Aquela gota que escorria sem nenhum planejamento anterior, me trazia dúvidas e, por mais que eu não soubesse significá-la da maneira devida, era minha nova consciência sobre mim, aquele retrato que eu nunca soube categorizar: o incontrolável, o que não se distingue entre seu planejamento de ser e quem você de fato se tornou. Quem você foi? Quem você gostaria de ter sido? Tudo isso está exposto aqui. Rindo da minha falta de autocontrole. Minha falta infantil de autocontrole.

Você estava morto, sim, mas eu planejava que vivesse dentro de mim. E depois que nosso filho nascesse, seria você com uma nova chance e do jeito que eu criasse. Do jeito que eu quisesse. Uma versão melhorada de você. Um você sem que, quem você quisesse ser, me ofendesse ou me machucasse.

Como te chamo agora depois de tudo isso? Meu pai? Meu amor? Nem sei mais.

Meu romance é áspero. Por isso, já peço desculpas antecipadas. Meu amor, mais do que nunca, é baseado na dor. Mas não é culpa dele. Foi só o que ele conheceu. Sei a razão das perguntas que você me fez e se pudesse escolher não te responderia nada. O silêncio é muito útil, pois só ofende os atentos. Os pacientes. Enquanto isso, todo meu processo está naquilo que você ainda não viu.

A possibilidade é um monstro quando, finalmente, se abre à frente de alguém que acreditava não ter possibilidades, entende? Por isso, guarde qualquer vaidade sem freio na noite de uma dança que duvida ter existido e só aí venha tomar comigo um café da manhã. A partir de então, estarei sempre pronta para lambuzar sua boca com verdades silenciosas que você achava que minha ternura nunca seria capaz de perceber. Porém, minha ternura é áspera, meu pai. Por isso, já peço desculpas antecipadas. Minha delicadeza, mais do que nunca, é baseada na dor. Mas não é culpa dela. Foi só o que ela conheceu.

Claro que passou pela minha cabeça se eu deveria parar com tudo isso, claro. Mas é como uma droga e o mundo não entenderia. Eu sei que nunca houve ninguém me obrigando a fazer o que faço, ao mesmo tempo em que entendo que há algo na nossa ligação, meu pai, meu amor, que só poderia ter sido criada pela minha coragem. O que os outros chamariam de horror, não consigo ver assim. Veja tudo o que consegui. Veja as vantagens. Veja as vantagens que encontrei em sua morte: um filho lindo e a beleza em tornar muitos homens naquilo que eles sempre deveriam ter sido. Veja bem, é tudo muito bonito. Tudo muito bem pensado e além de tudo, modéstia à parte, muito bem construído.

Às vezes me pergunto se você teria a clareza de entender tudo o que fiz, sabe? Se você teria a clareza de entender tudo o que sua falta me causou e como seu fluído me preencheu. Aí, ao mesmo tempo, lembro que não importa, pois nosso filho um dia vai entender a grandeza do que foi feito, e sei que posso fazer com que a opinião dele expresse, com total e irrestrita compreensão, tudo o que vejo.

Hoje, minha paz é seletiva. Ela vem, volta, e me aborrece. Se constitui como numa magia circense, ou num parque de diversões. Creio que ela existe ao adentrar os portões do parque, mas se esvai antes que eu consiga chegar ao carrossel.

Se em minha vida houvesse paz, uma plena paz, ela ficaria onde não estou. A sensação de ser um inseto desconhecido tomaria outra forma, e nesta forma me tornaria desmedida. Não mataria besouros. Não enojaria baratas. Tudo isso seria familiar. Onde não estou, não haveria sua voz calculando lucros medíocres, ou idosos planejando ver o mar em meio a arranha-céus. Onde estivesse, eu ignoraria Tweets tão informativos quanto atendentes de telemarketing que não atendem, só ligam para quem não precisa de nenhuma ajuda. Onde não estou, haveria minha paz, bem guardada por qualquer paz. Esta que nunca me serviu ali.

Meu querido pai. Não espere que de mim saia mais nada, pois o tempo se encarregou de esvaziar qualquer certeza que botava minha certeza em paz.

Espero que em seu medo haja "saudade", sim, aquela saudade. Um sopro demolido pela igualdade, e um sentimento incapaz de destruir cada um de nós. Não quero que se contente com meu pouco, pois a vida é bem maior que o esforço que faço para dizer te amo ao acordar. Não questione devaneios sofridos, que só insistem em fazer algum sentido, pois naquele dia, eu não apareci.

Por favor, na sua vida procure a probabilidade, a eterna possibilidade de lembrar de quem te ama um tanto mais.

Eu poderia ter pensado em muita coisa naquele momento, mas enquanto minhas mãos afundavam em você, só conseguia planejar paciência. Uma paciência que chegaria de maneira silenciosa e faria com que a ternura acontecesse de forma imensurável. Como poderiam dizer que não havia amor ali? Como poderiam dizer que não havia amor na morte? Como poderiam deixar de ver o amor do fim? Mais presente do que nunca, exatamente ali.

Se é insuportável a elaboração de um desejo, pior ainda é ele não ser elaborado, não é? Foi isso que ouvi de Christian, uma vez. Aquilo que fui. Aquilo que me fez. Quanto do que sou. Poderia estar aberta apenas ao que você entende sobre mim? Lembro-me de quando minhas unhas entraram na sua carne, enquanto eu tentava me defender, como se tivessem sido convidadas. Sem dor. Antes, talvez, parte de mim me achasse inteiramente imune a tudo que me aconteceu. Sorrio da trivialidade. Sofrimentos. Sofrimentos? Podemos chamar assim? Uma lua de mel banhada em um fim assintomático. E, meu pai, meu amor, nós temos tanta sorte!

50

Tenho certeza de que você sabe o que aconteceu depois, meu pai. Não sabe?

Na clínica, fiz a pergunta e a resposta foi um simples sim. Se meu filho fosse apenas você, seus loiros cabelos estariam cobertos por uma touca que eu teria comprado na companhia de minha mãe.

Durante um passeio, você olharia para o nada e daria pequenas risadas que eu não saberia decifrar, mas me divertiriam mais do que qualquer entretenimento construído.

Te carregaria no colo por horas e nunca cansaria.

Te alimentaria por todo o dia.

Dançaríamos juntos, e enquanto eu cantasse as canções mais bobas, suas mãozinhas agarrariam minha jaqueta e seu medo se esconderia em torno do meu pescoço.

Em seu pequeno rosto, eu encontraria uma paz incalculavelmente imensa e contestaria toda minha vida anterior a você.
Pois meu mal teria ido embora.
Pois eu não seria só uma.
Pois você existiria.
Pois algo faria sentido.
Pois você estaria aqui.

51

Eu não matei durante minha gravidez. Não me parecia certo. Também não matei nos primeiros anos de vida do meu filho. A matança começou quando ele já tinha uns seis anos. A vontade voltou mais ou menos por aí, quando ele estava maior, e não daria muito trabalho para a avó, caso alguém me pegasse. Óbvio que minha mãe nunca soube que meu filho era também filho de meu pai. Ela não precisava saber disso. Mas, no fundo, eu sabia que ela via meu pai nos olhos do menino e em cada semelhança que aparecia com o tempo.

Quanto a ser pega, óbvio que eu achava que isso não aconteceria, como realmente não aconteceu, mas grande parte da razão de eu ser tão boa no que faço é por saber antecipar os percalços que poderia encontrar pelo caminho.

Até hoje, ninguém desconfia de mim. Creio que, além de toda competência no que faço, minha cara também ajude. Acho que se eu me propusesse a roubar um banco com a cara exposta, ainda assim ninguém desconfiaria de mim.

Estou parada há algum tempo. Matei você, parei, matei muito, parei de novo. Como já foi dito muitas vezes, fica mais fácil depois da primeira vez. Agora não sei o que me aguarda no futuro. Se farei de novo? Não sei. Mas a vontade sempre recai sobre mim, como uma bênção que não quer me deixar. Mas aí Helena vem e lembro da subida de Juliana aos céus.

A única coisa que me dói um pouco nisso tudo é o fato de eu acordar e, naqueles primeiros segundos do despertar, assim que abro os olhos, às vezes ver suas costas viradas para mim na cama. Sim, como se você estivesse lá. E sim, por algum tempo, esqueço que você se foi. Quando lembro que você não está mais aqui, lembro que isso jamais acontecerá novamente, nunca mais verei você em minha cama, o pouco de tranquilidade que se apresenta vem da minha lembrança de você viver em nosso filho de maneira tão sublime. Ele é, sem dúvida, sua versão melhorada, um você feito sob medida para mim.

Hoje em dia, chego em casa após um dia inteiro de plantão, e, em vez do meu filho ter medo do meu molho de chaves, ele corre para mim e agarra minha perna. Quase todo dia é assim.

— Mamãe, mamãe!

— Dona Débora, o menino ficou o dia inteiro pedindo pra comer as bolachas que a senhora trouxe ontem, mas eu não deixei, não.

— Ah, é?

O menino sorri olhando para cima.

— Olha só que feio! Vê se pode uma coisa dessas!

— E olha, também foi difícil de convencer o menino a fazer a lição de casa. Só queria saber de jogar videogame. Me pediu até não poder mais! Deve estar com a língua cansada já.

— Ué! Mas ele sabe que só pode jogar um pouquinho de videogame depois que eu chego...

— Pois é, Dona Débora. Foi o que eu falei pra ele!

— Mas ele terminou a lição?

— Ainda não, tem mais uma coisinha ou duas.

— Ah, olha só... Vai terminar a lição e depois jogar um pouco de videogame, tá?

O menino faz que sim com a cabeça, enquanto sorri, e olha para a mãe.

— Obrigada, Rosa. Pode ir pra casa. Por hoje já deu, né? Tá aqui o seu dinheiro de hoje.

— Tem frango e arroz na geladeira tá bom, Dona Débora? Deixei preparadinho pra vocês e...

— Tá bem. Tá ótimo! Obrigada.

Rosa sai fechando a porta.

— Tudo bem, meu amor? Como foi seu dia?

— Foi bom, mãe!

— Ah, que ótimo!

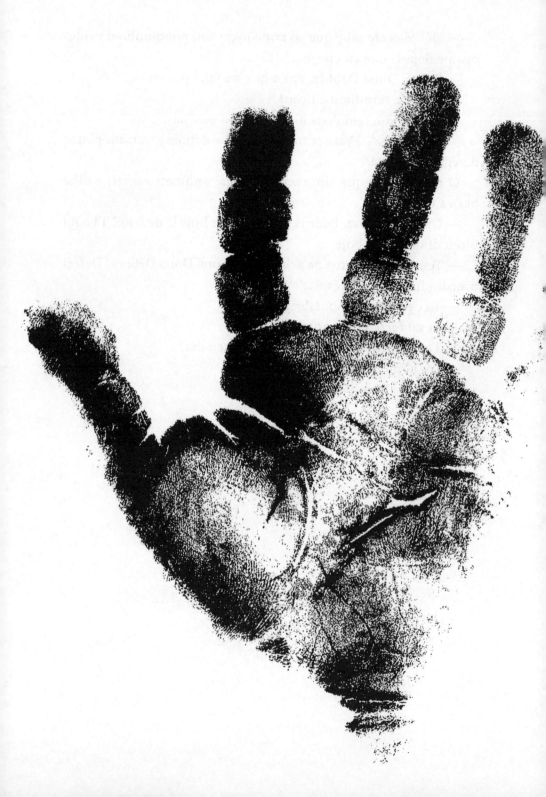

52

Pai?!

Que orgulho e alegria!

Não tenho medo, não te recrimino, não te condeno por nada. Quem diria que nossa história seria assim? Mas temos que resolver tudo isso da melhor forma possível. E há solução para tudo o que sentiu. Ou sente. O corpo apodrece, mas e o resto? Talvez você continue em mim, no nosso filho e em mais algum lugar.

Se acho estranho o que sente por mim? Acho que sim. Talvez sinta. Mas achei melhor abraçar. Era melhor abraçar o que acontecia, aí não haveria espaço para sofrimento. Façamos essa passagem! Te ajudo em tudo que precisar, e estou do seu lado mais do que nunca.

Fique tranquilo, pai. Hoje eu acredito que o destino trabalha de uma maneira muito próxima dos nossos sonhos. Vivemos presos na carta do louco.

Na barata.

O horror que enxergamos em nossa plenitude talvez seja nossa maior maldição, pois em cada beleza, em cada sorriso, em cada felicidade, há a insistente sensação de estar incrivelmente sozinho. Essa sensação que pinga na sua testa sem que você perceba, ou apita em seu ouvido numa frequência que só pode ser ouvida se você prestar atenção.

Pi. Pi. Pi. Pi. Pi. Pi. Pi. Pi.

As compras do supermercado.

Pi. Pi. Pi. Pi. Pi. Pi. Pi.

A senha da sua conta no banco que você precisa digitar.

Pi. Pi. Pi. Pi. Pi. Pi. Pi.

Aquilo que você ignora sobre si mesmo.

Pi. Pi. Pi. Pi. Pi. Pi.

As calças novas que você compra.

Pi. Pi. Pi. Pi. Pi. Pi.

Aquilo que você odeia em si mesmo.

Pi. Pi. Pi. Pi. Pi.

A seta que você dá para virar à direita.

PIPIPIPIPIPIPI

O roubo de algum item pelo qual você não podia pagar.

Piiiiiiiiiiiiiiiiiiiiiiiii.

A chaleira.

Piiiiiiiiiiiiiiiiiiiiiiiiiiiii.

O monitor no seu quarto do hospital.

53

Sua essência é o silêncio que acontece em meio ao barulho ensurdecedor que a sua vida faz para te distrair.

E você, aos outros...

Não é?

No final das contas, é a velha história de que "todo paranoico arranja seu perseguidor".

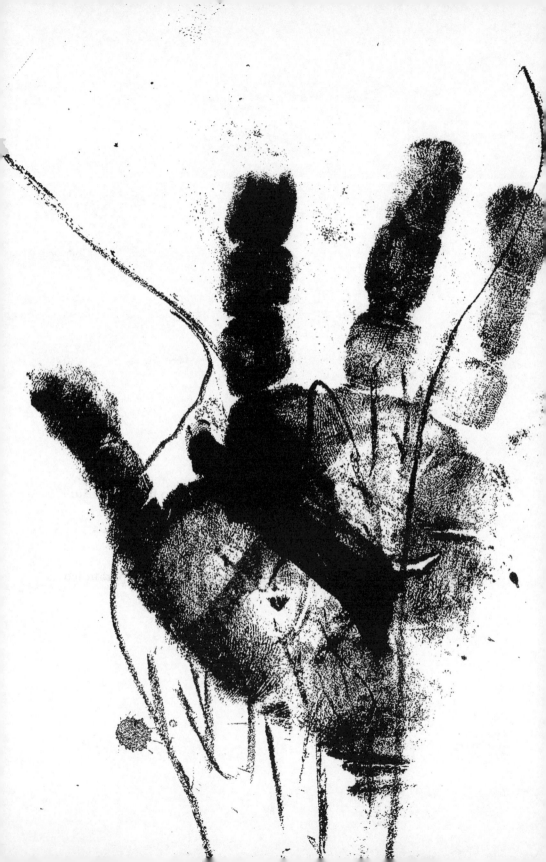

54

Durante muito tempo tentei superar meu pai... nosso pai, meu filho. Tentei de todas as maneiras fazer de tudo para dizer: acabou. Mas a verdade é que tudo apenas se acalenta e por meio deste acalento foi que minha paz se construiu. O fim traria tragédia. Não era isso que eu estava procurando, mas amor.

Ele precisava de uma atenção e eu estava ali para dar. Saiba que seu pai nunca soube que aquilo foi o que houve de mais real em toda minha vida.

Aqueles momentos, talvez, tenham sido os mais expostos. Mais viscerais.

Todos os momentos com ele como alguém além de, apenas, meu pai.

Por isso, tudo o que senti ali foi internalizado.

E sei que para ele também.

Nós renunciamos coisas para que o espaço do outro tenha lugar dentro da gente.

Se não conseguimos fazer isso, sucumbimos em mentiras que contamos para nós mesmos, então é quando fracassamos.

Você é a prova do meu não fracasso.

Eu não fracassei.

O tenho como um amuleto.

Um besouro incapaz de voar.

Que voa.

O tenho como previsões de um tempo errado.

Manifestado em sabotagens de chuvas que ninguém toma.

O tenho como um retrovisor de vontades em um carro roubado e sem seguro.

O tenho como alterações inexplicáveis de humor.

De um amor inalterável.

O tenho como tarefas sem sobreaviso.

De uma hora extra inviável.

O tenho como currículos que enviei e não obtive resposta.

Como palavras que gaguejei em discursos de aposta.

O tenho em mim como perfeições recolhidas.

Imaginadas em utópicas carícias merecidas.

O tenho como uma conversa de café da manhã que nunca aconteceu.

Recolhidas horas de uma intimidade que sempre se escondeu.

Nossa igualdade caçoa de nossas diferenças.

Pois com você eu teria ficado até o fim se as coisas fossem diferentes.

Acontece que as coisas nunca são diferentes...

... e é impossível perceber quando o fim já chegou.

Ainda assim, o fim está lá.

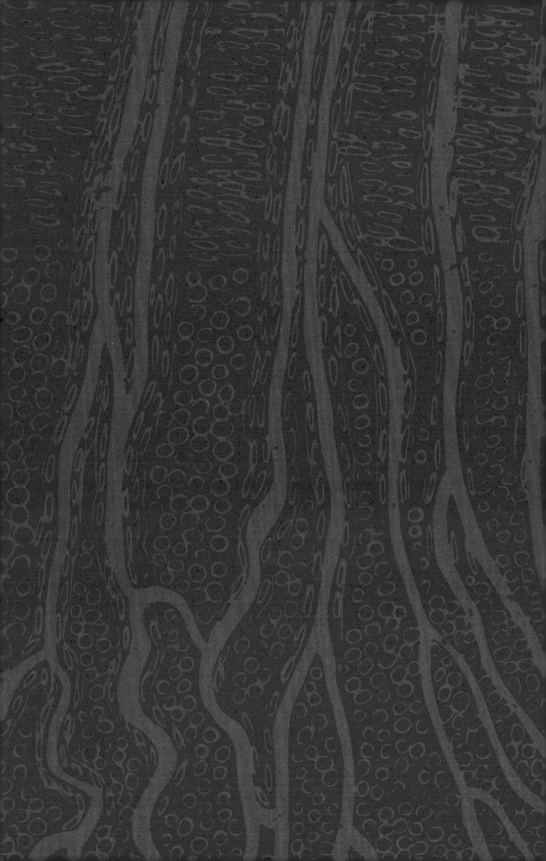

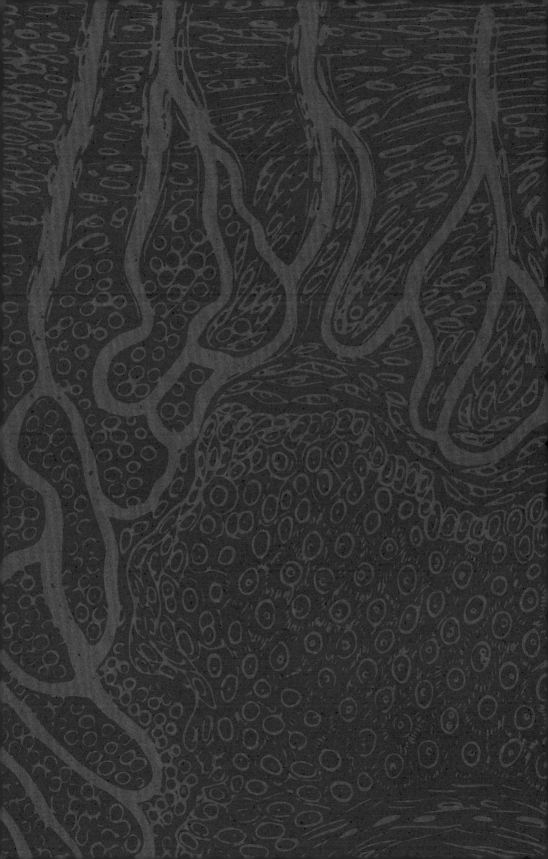

Processo de escrita

"Vantagens", como o chamo carinhosamente, foi um livro em que decidi contestar o superego. Refutar o masculino em sua mais primitiva forma, ainda que haja esta contradição entre o que queremos dos homens e o que precisa ser evitado.

Fiz com que nele ficasse exposto o relato de uma pessoa que pendesse entre o que ela sente e o que ela não consegue sentir, por ser emocionalmente fraturada. E fraturada, pois há uma falta de estrutura. A pessoa percebe o mundo, mas não se conecta a quase nada fora dela, inclusive por problemas causados pela família, principalmente, claro, pelo pai, então a resposta do sintoma é se conectar ao pai de maneira torta. O masculino é entendido pela protagonista como algo que pode atacá-la, e ataca, em todos os sentidos de sua vida.

Ao pesquisar sobre serial killers e psicanálise, entendi que o que aparece nos atos e falas são apenas a ponta do iceberg de tudo o que todos são. Isso abrange assassinatos e a causa deles. Isso inclui sintomas e tudo o que eles representam, inclusive o conforto em tê-los. Por isso, neste livro, coloquei muitos trechos do que acredito ser alguns dos piores defeitos humanos e também aquilo que não poderíamos ignorar mesmo se quiséssemos, pois afeta a todos que estão em volta, não apenas quem apresenta tais sintomas.

O livro ainda pende entre dois narradores. A protagonista que o narra em primeira pessoa para o pai que existe dentro de seu imaginário, e um narrador onisciente que enxerga os pacientes antes de eles conhecerem Débora. Só que, a partir do momento que ela os encontra, apenas a visão dela existe. É como se o pouco que pudesse ser percebido sobre eles fosse tomado ao encontrarem-na. Não há escapatória. Eles deixam de existir antes de morrer. O narrador nutre certa vontade de conhecer esses homens, apesar de julgá-los também, mas Débora apenas os encaixa onde quer, para que possa saciar seu desejo de matar. Os homens deixam de ser pessoas. Viram pretextos. Objetos. Assim como a morte do pai. Inclusive, conhecemos apenas o pai que ela considera como real. Débora é vilã. Débora é vítima. Débora é os dois, ou pode ser os dois.

Ao terminar de escrever o livro, senti como se acabasse de sair de uma luta de boxe, com a marca de todos os socos ainda em meu rosto. Embora eu ache que nós dois tenhamos empatado no placar final. Foi duro. Muito duro.

A todos que acompanham meu trabalho, torcem por mim e gostam de ler minha interpretação dos atos humanos, meu mais profundo agradecimento e minha certeza de que, se nos encontrássemos, muito provavelmente, se ainda não o formos, seríamos grandes amigos.

PAULA FEBBE estudou roteiro no Goldcrest Production Theater em Nova Iorque e psicanálise no CEP, em São Paulo. Autora de oito livros, ela tem uma escrita brutal e bastante característica em que expõe o pior que há no ser humano, assim, na cara, sem floreios. Febbe ganhou diversos prêmios no cinema com o filme *5 Estrelas*, que coescreveu com o diretor Fernando Sanchez. Dentre eles, o Prêmio Aquisição Canal Brasil no Festival Ibero-Americano de Cinema. O filme também fez parte da Seleção oficial do LABRFF, em Los Angeles, do Festival FANTASPOA, e foi finalista do Grande Prêmio do Cinema Brasileiro. Paula também dividiu uma colaboração artística com o cineasta Heitor Dhalia em 2020.

*I want love to
Forget that you offended me
Or how you have defended me
When everybody tore me down*

— JACK WHITE —

DARKSIDEBOOKS.COM

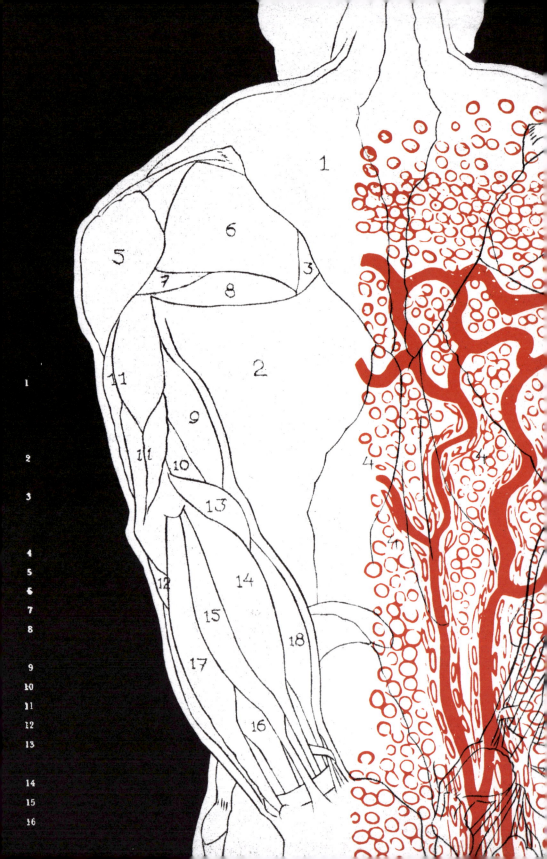